光文社文庫

文庫書下ろし／長編時代小説

化粧の裏

御広敷用人 大奥記録(二)

上田秀人

光 文 社

この作品は光文社文庫のために書下ろされました。

目次

御広敷略図

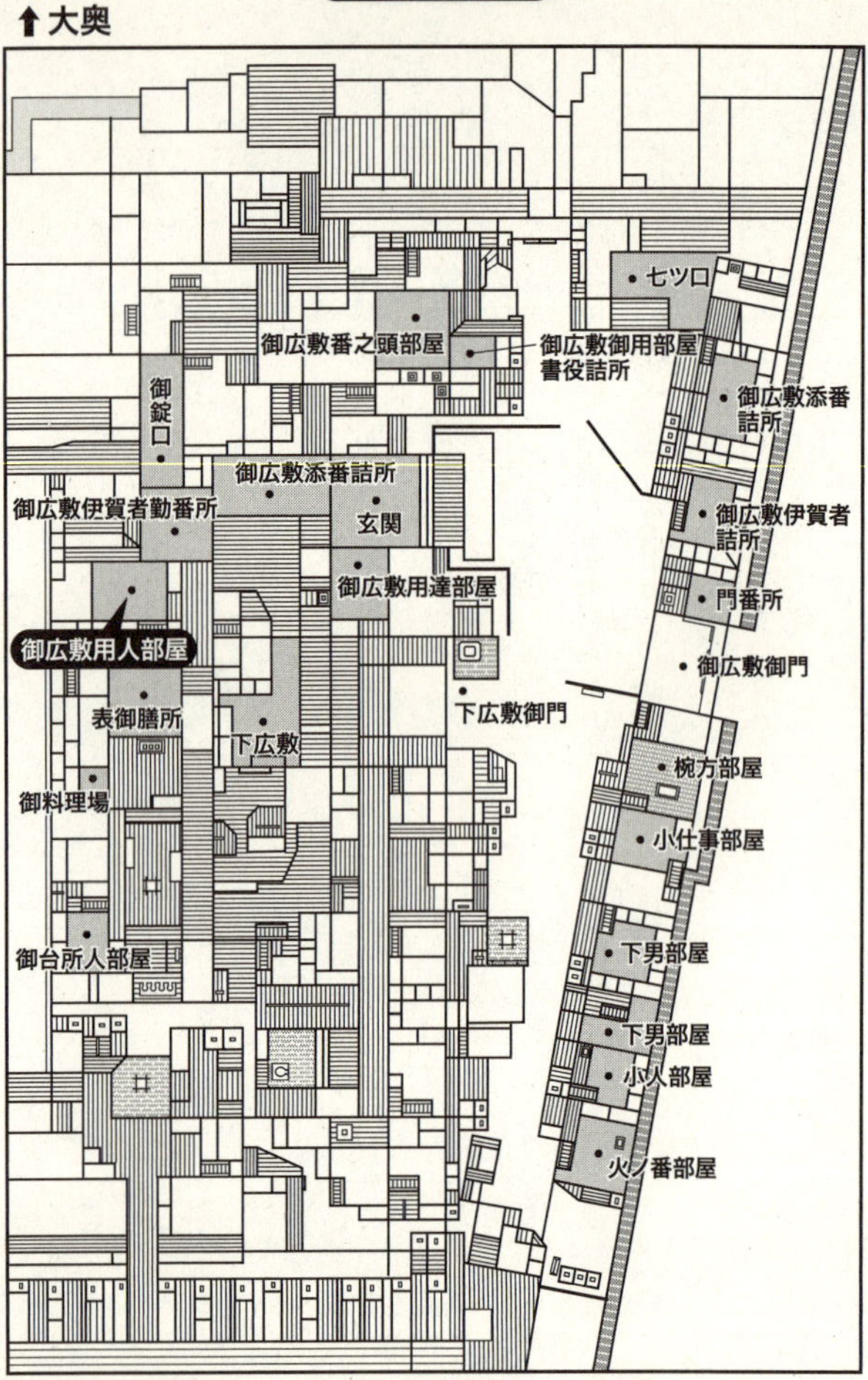

↑大奥
七ツ口
御広敷番之頭部屋
御広敷御用部屋書役詰所
御錠口
御広敷添番詰所
御広敷添番詰所
御広敷伊賀者勤番所
玄関
御広敷伊賀者詰所
御広敷用達部屋
門番所
御広敷用人部屋
御広敷御門
表御膳所
下広敷
下広敷御門
椀方部屋
御料理場
小仕事部屋
下男部屋
御台所人部屋
下男部屋
小人部屋
火ノ番部屋

御広敷役人の職制図

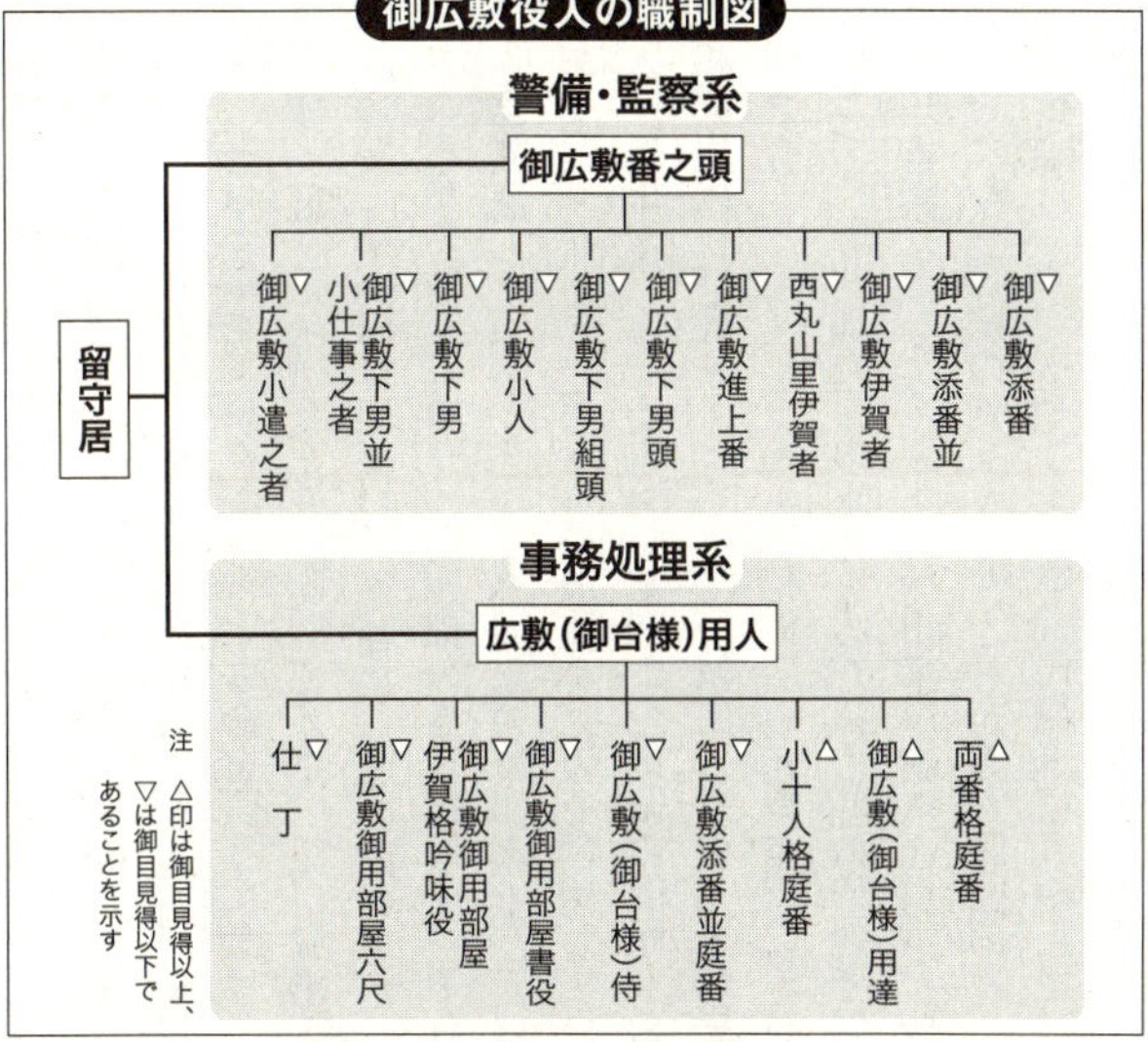
警備・監察系
留守居
御広敷番之頭
御広敷添番▽
御広敷添番並▽
御広敷伊賀者▽
西丸山里伊賀者▽
御広敷進上番▽
御広敷下男頭▽
御広敷下男組頭▽
御広敷小人▽
御広敷下男▽
御広敷下男並▽
小仕事之者
御広敷小遣之者▽
事務処理系
広敷(御台様)用人
両番格庭番△
御広敷(御台様)用達△
小十人格庭番△
御広敷添番並庭番▽
御広敷(御台様)侍▽
御広敷御用部屋書役▽
御広敷御用部屋▽
伊賀格吟味役
御広敷御用部屋六尺▽
仕丁▽
注 △印は御目見得以上、▽は御目見得以下であることを示す

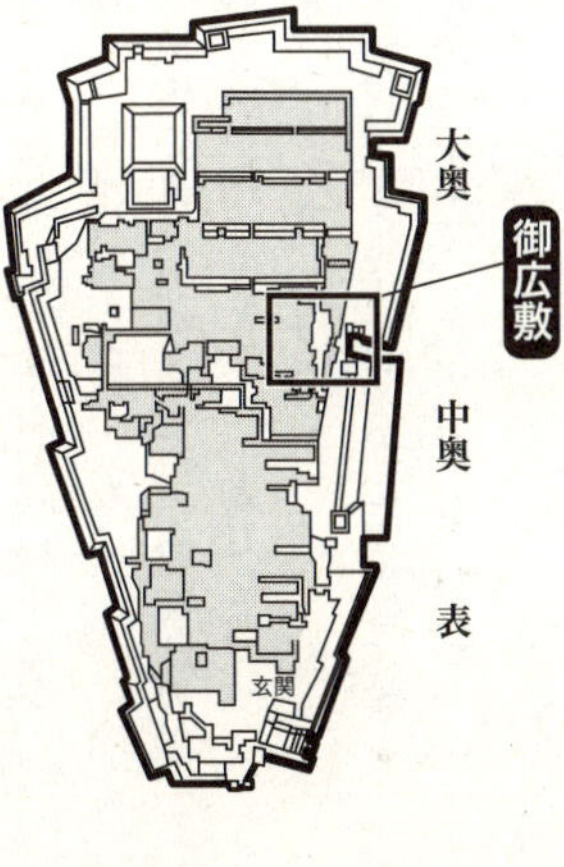
大奥
御広敷
中奥
表
玄関

化粧の裏　主な登場人物

水城聡四郎《みずきそうしろう》…………勘定吟味役を辞した後、在任中の精勤を称されて、八代将軍吉宗直々のお声がかりで寄合席に組み込まれた。将軍の代替わりを機に、聡四郎は役目を退き、無役となっていたが、吉宗の命を直々に受け、将軍付きの御広敷用人となる。

水城《みずき》　**紅**《あかね》…………聡四郎の妻。江戸城出入りの人入れ屋相模屋伝兵衛の一人娘だったが、聡四郎に出会い、恋仲に。聡四郎の妻になるにあたり、いったん当時紀州藩主だった吉宗の養女となり、聡四郎のもとへ嫁す。それゆえ、吉宗は義理の父となる。

大宮玄馬《おおみやげんば》…………水城家の筆頭家士。元は一放流の入江無手斎道場で聡四郎の弟弟子だった。無手斎から一放流小太刀を創始していいと言われたほど疾い小太刀を遣う。

入江無手斎《いりえむてさい》…………聡四郎の剣術の師匠。一放流の達人で、道場の主。

相模屋伝兵衛《さがみやでんひょうえ》……江戸城出入りの人入れ屋。紅の父。ときに聡四郎に知恵を貸す。

伊之介《いのすけ》…………相模屋の元番頭。店を数年前にやめて、品川宿で茶店をやっていたが、聡四郎たちの京行きのために紅の依頼で同行することとなる。

徳川吉宗《とくがわよしむね》…………徳川幕府第八代将軍。聡四郎が紅を妻に迎えるに際して、紅をいったん、吉宗の養女としたことから、聡四郎にとっても義理の父にあたる。

天英院《てんえいいん》…………第六代将軍家宣の正室。

月光院《げっこういん》…………第六代将軍家宣の側室で、第七代将軍家継の生母。

御広敷用人　大奥記録（十二）

化粧の裏

第一章　都の人々

一

「これが都《みやこ》か」

江戸とは違った雰囲気ながら、繁華《はんか》な京に御広敷用人《おひろしきようにん》の水城聡四郎《みずきそうしろう》は感嘆《かんたん》の声を漏《も》らした。

無事に京へ着いた聡四郎たちは、四条《しじょう》にある旅籠《はたご》を宿とし、一夜を明かしていた。

「しかし、これで歩いておるのでございますか」

周囲を見回して大宮玄馬《おおみやげんば》が驚いた。京の人々は、一歩ずつ確かめるような足取りで、のんびりと進んでいた。

「江戸者は忙《いそが》しゅうございますから」

伊之介《いのすけ》が笑った。

生き馬の目を抜くという江戸では、行き交う庶民たちの足取りも早い。なんでも他人より先にと争うのだ。対して、京では、まるで用事などない者のようにのんびりと足を運んでいた。

「郷《ごう》に入れば郷にしたがえと言うが、合わせていては仕事にならぬ。急ぐぞ」

聡四郎は、一同を促した。

京へ来た目的は、五代将軍綱吉《つなよし》の養女となっている清閑寺《せいかんじ》家の娘、竹姫《たけひめ》の事情を知るためであった。

「公家《くげ》の屋敷は、御所《ごしょ》のあたりにございまする」

伊之介が説明した。

「京の町並みは、江戸と違ってわかりやすくできておりまする。もっとも北に御所を置き、そこから一筋南へさがるごとに、一条《いちじょう》、二条《にじょう》となってまいりまする」

「わかりやすいな」

聡四郎は感心した。

江戸は坂の町である。どうしてもまっすぐに道をつくることが難しく、曲がりくねっていたり、細い路地が入り組んだりしている。

「古代の中国の都をまねたとか」

「ほう。よく知っている」

「何度か来たことがありますので」

褒《ほ》める聡四郎に、伊之介が照れた。

「あれが二条城でございまする」

左手に見事な城が出てきた。

「石垣は高いが、堀は狭いな」

聡四郎が感想を述べた。

「洛中《らくちゅう》でございますから、土地がそれほど取れなかったのでございましょう」

「うむ。それに二条の城は、守りのものではないからな」

「守りでない城でございまするか」

大宮玄馬が首をかしげた。

城は本来要所《ようしょ》を守るための拠点である。それを聡四郎は否定した。

「二条城だけは別なのだ。京は天下の要《かなめ》。朝廷を抑えた者が天下を取る」

「なればこそ、二条に城を」

「いいや。ここまで兵を入れざせたら、負けなのだ」

言いつのる玄馬に聡四郎は首を振った。

「そのために大坂《おおさか》の城があり、彦根《ひこね》の城がある。そこで敵軍を受け止め、それ以上進めさせてはならないのだ」

聡四郎が述べた。

「それにこの城で籠城《ろうじょう》したところで、どうなる。天皇さまのあらせられる御所《ごしょ》は、この城の外ぞ」

「たしかに……」

玄馬が二条城と御所へ目をやった。

「ではなぜ、ここに城を」

わからないと玄馬が問うた。

「朝廷を威嚇《いかく》するためよ」

「……朝廷を」

玄馬が息を呑《の》んだ。

「天子《てんし》のおわす御所の近くに城を建て、徳川《とくがわ》の力をずっと見せつけているのだ。逆らえば、力で制圧するとな」

「…………」

説明に玄馬が沈黙した。

「旦那さま」

話に伊之介が割って入った。

「京都所司代《しょしだい》さまのお屋敷が、そこにございまする。ご挨拶《あいさつ》にいかれずともよろしゅうございますか」

指さしながら、伊之介が尋ねた。

京都所司代は、重職である。幕府の力の裏付けである朝廷を統轄《とうかつ》し、西国大名《さいごくだいみょう》たちの監察《かんさつ》もおこなう。京都所司代を務めたあと、そのほとんどが老中《ろうじゅう》へと転じていくことからもわかるように、譜代《ふだい》大名のなかでも優秀な者が任じられた。

その権力は大きく、京や大坂へ赴任《ふにん》する役人は、まず京都所司代に挨拶をするのが慣例であった。

「ときが惜《お》しい」

聡四郎は首を振った。

八代将軍吉宗《よしむね》にもらった暇は二十日である。東海道《とうかいどう》を上るのに、六日使っていた。帰りも同じだけかかると考えれば、京で動けるのは八日しかない。

「上様《うえさま》より報《しら》せもあった。少しでも早く戻らねばならぬ」

宿に着いた聡四郎を待っていたのは、吉宗からの手紙であった。そこには、聡四郎が探していたものが記されていた。

「承知いたしましてございまする」

伊之介が首肯《しゅこう》した。

話している最中も足は緩《ゆる》めない。三人は、小半刻《こはんとき》（約三十分）ほどで御所に着いた。

御所の広さは、およそ六万坪、四方を土塀《どべい》に囲まれただけである。また、その土塀も、上背のある者なら覗《のぞ》きこめるほどの高さしかなかった。

「このあたりは、全部公家さまのお屋敷で」

御所の正門、建礼門《けんれいもん》の前で伊之介が告げた。

「……ずいぶんと古びているな」

聡四郎は御所とその周囲にある公家屋敷の傷み具合に驚《いた》いた。

「お金がございませんから」

伊之介が応《こた》えた。

「清閑寺家の屋敷はどこだ」

「訊《き》いて参りましょう」

すばやく玄馬が近くで商いをしている店へ入っていった。

「この御所に面した通りから一筋入ったところだそうでございまする」

しばらくして玄馬が戻ってきた。

「いきなり訪れられるおつもりで」

「さすがに、それはまずかろう」

問う伊之介に、聡四郎は首を振った。

「まずは、清閑寺家について調べねばなるまい」

「一応のお調べはなさってから、来られたのでございましょう」

「うむ。と申しても、幕府にある記録くらいだがな」

歩きながら、聡四郎はうなずいた。

「清閑寺家は、藤原北家勧修寺《ふじわらほっけかじゅうじ》系の支流。家格は名家《めいけ》。名家は、文官《ぶんかん》の筋で、蔵人頭《くろうどのとう》、中納言《ちゅうなごん》を経て、大納言《だいなごん》にまで進む。一度途絶《とだ》えたが、江戸時代の初めに中御門《なかみかど》家から養子をとって再興した。家禄《かろく》は百八十石《こく》」

「たった……。大納言にあがれる家柄で」

玄馬が目を剝《む》いた。

「大納言といえば、御三家、それも尾張《おわり》と紀州《きしゅう》だけ。その両家に比する官位を持つ清閑寺家が……」

「公家はそういうものだ。関白太政大臣《かんぱくだじょうだいじん》を輩出《はいしゅつ》する近衛《このえ》家でさえ、二千八百六十石なのだ」

聡四郎が言った。

「朝廷は名分《めいぶん》なのだ。その朝廷に力を与えれば、どうなる」

「……それは」

答えを口にするだけの度胸を玄馬は持たなかった。

「力と名分は分けておかねばならぬ。それが泰平《たいへい》の理《ことわり》だそうだ」

かつて吉宗から教えられたことを聡四郎は忘れていなかった。

「といったところで、力を持つ者が、名分を押さえこむだけの話なのだがな」

聡四郎が苦笑した。

「やはり公家町へ来たか」

三人のあとを見え隠れに伊賀者《いがもの》がつけていた。

六郷《ろくごう》の渡《わた》し、箱根《はこね》関所と二度、聡四郎たちを襲いながら撃退された伊賀者だったが、壊滅してはいなかった。

仲間たちが聡四郎に倒されていくありさまを、歯がみしながら黙って観察している見届け役がいた。

見届け役は、どこの忍《しのび》も使っていた。

敵陣へ忍びこむ、依頼された人物を殺す。忍の仕事はどれもが、危険であり、かつ密《ひそ》かにすまされなければならなかった。数の力で押し切るなど滅多《めった》にないのだ。目立たないていどの人数で、すばやくやってのける。そこに忍の技量がためされる。とはいっても、いつも成功するとは限らない。敵陣に忍びこんだところで発見されたり、殺しにかかった相手のほうが強かったりして、失敗することもままあった。

そのときにこそ、見届け役が活躍した。

見届け役は、決して任に加わらない。安全な距離を置いて、担当している忍の状況を見張るだけである。

これは、任の成否を確認するためであった。もし、見届け役なしで、敵陣へ忍びこんだまま、帰ってこなければ、誰も本拠地へ詳細を報せる者がいないことになる。

もちろん、任を複数でおこなっているときなどは、一人くらいの生き残りはでるが、全滅することも珍しくはない。そんなとき、少しでも情報を持ち帰るために、見届け役はいた。

見届け役が、仲間の犠牲をもって得たことは、次回に大きな貢献をする。たとえば、暗器《あんき》を遣う敵などの子細《しさい》は、大きい。手の内がわかっていれば、暗器は意味をなさない。用意しておけば、奇道はつうじないのだ。

当然、聡四郎たちを襲った伊賀者にも見届け役は付いていた。そして本来は、江戸へ任の失敗を告げるために戻るはずだったが、箱根襲撃の一人が逃げ延びたことで、報告ではなく、聡四郎たちのあとをつけることにしたのであった。

「将軍家の側室《そくしつ》ならば、そのあたりの町娘というわけにはいかぬ」

伊賀者がつぶやいた。

側室は奉公人であるとはいえ、将軍と閨《ねや》を共にする。当然、言葉もかわす。将軍としゃべるには、目見得《めみえ》以上の身分が要《い》った。といっても、将軍が気に入った娘の場合、身分はあとからつけるので、絶対ではなかったが、やはりあるていど以上の出自《しゅつじ》でなければならないという慣例はあった。

「歴代の将軍も京の公家娘に手を出しておられるしな」

並んでいる家を覗きながら進んでいる聡四郎たちから目を離さず、伊賀者が独りごちた。

将軍家の側室に京の出身が多いのは、御台所《みだいどころ》が五摂家《ごせつけ》など高位の公家の娘であることによっていた。

京から嫁いでくる御台所には、親戚筋や家臣筋の公家の娘が付き添っている。御台所にとっては、右も左もわからぬ江戸城の大奥《おおおく》へ放りこまれて心細いときに、よく知っている者ほど頼りにできる者はない。どうしても身近で使うことになり、そうなれば、御台所のもとへ通う将軍の目に止まりやすくなる。

「下級でも公家の娘ならば、身分として問題はない」

近衛家などの五摂家に仕《つか》える雑用係でさえ、従《じゅ》六位や七位くらいはもっているのだ。小禄の大名や、高位の旗本《はたもと》とかわらない。身体《からだ》さえ丈夫であれば、その日の夜からでも、閨に呼べる。

「手が足りぬ」

聡四郎たちの様子をうかがっている伊賀者がうめいた。

一人で見張りと報告はできなかった。飛脚《ひきゃく》を使って江戸へ手紙を送るにしても、日数がかかる。その返事を待っていたのでは、手遅れになりかねなかった。

「郷《さと》へ行くか」

京から伊賀までは近い。忍の足ならば、半日もあれば着く。若い忍の鍛錬《たんれん》を郷に依頼していることもあり、伊賀との交流も少ないながらあった。

「宿を変えることもあるまい」

聡四郎たちの宿泊している旅籠を伊賀者はしっかり把握していた。

「今から行けば、明日には戻ってこられよう」

伊賀者は、最後に聡四郎を一睨《ひとにら》みして、踵《きびす》を返した。

「うん」

清閑寺家を探していた聡四郎が、足を止めた。

「いかがなされましたか」

玄馬が訊《き》いた。

「気配《けはい》を感じたのだが」

「…………」

聡四郎の言葉に、玄馬が緊張した。

「ほんの一瞬だった。気のせいやも知れぬ」

周囲に聡四郎は、すばやく目を配った。

「京の者かも知れませぬな」

伊之介が述べた。

「どうも京は、他国者《よそもの》を排除したがるきらいがございまする」

「そうなのか」

聡四郎が確認した。

「はい。どういうわけかは知りませぬが、庶民はもとより、商売人でさえ、他国者との間に分厚い壁を作りまする。できるだけ、早く話を終わらせ、帰らせようとするのでございますよ」

小さく伊之介が嘆息《たんそく》した。

「うまく話を訊くのは難しいか」

「おそらくは」

「京は、天下を狙《ねら》う者によって襲われてきた。足利尊氏《あしかがたかうじ》を始めとし、三好長慶《みよしながよし》、松永久秀《まつながひさひで》、織田信長《おだのぶなが》、明智光秀《あけちみつひで》、豊臣秀吉《とよとみひでよし》、そして神君家康《しんくんいえやす》公。京へ戦《いくさ》を持ちこむのは、いつも他国者だ。代々京に住む者が、他国者を嫌ってもしかたはないか」

もう一度目で周りを確認して、聡四郎が肩の力を抜いた。

「少しものを尋ねたい」

一礼してすれ違おうとした町人を、大宮玄馬が止めた。

「へい」

緊張した顔で町人が応えた。

「清閑寺さまのお屋敷を探しておるのだが、存じておらぬか」

玄馬が問うた。

「清閑寺さまなら、まっすぐ進みはって、次の辻《つじ》に当たる角で」

小腰を屈《かが》めて町人が教えた。

「そうか。ついでにもう少し訊きたいのだが、清閑寺さまとはどのようなお方だ」

続けて玄馬が質問した。

「あいにく、存じあげておりまへんので。では、ごめんを」

首を振って町人が離れていった。

「殿」

「ふむ」

そそくさと早足になって逃げていく町人の後ろ姿を見送りながら、聡四郎は嘆息《たんそく》した。

「とにかく屋敷の確認だけでもしておこう」

「それがよろしゅうございましょう。のちのちに困りませぬように」

伊之介が先に立った。

清閑寺家の屋敷は、すぐに見つかった。

「門はこちらではないのか」

聡四郎たちが歩いてきた辻にあったのは、壁だけであった。

「わりにきれいでございますな」

壁と散見《さんけん》できる庭木を見た伊之介が感心した。

「周りの公家屋敷に比べて、手入れがされているようだな」

聡四郎もうなずいた。

「禄の割に裕福なのは、幕府から合力金《ごうりききん》が出ているからではございませぬか」

伊之介が聡四郎を見た。

「そのような話は聞いておらぬが……娘が五代さまの養女となられたのだ、多少の合力はあってもおかしくはないな」

聡四郎は角を曲がった。

「敷地の割に立派な門だの」

清閑寺家の門は、堂々としていた。古いのは確かだったが、薄汚れてもいなかった。

「金の動きも一度確認せねばならぬか」

勘定吟味役《かんじようぎんみやく》をやっていたおかげで、聡四郎は金の威力を十二分に知っていた。また、同時に金の動きを追えば、真実に近づくことも身に染《し》みていた。

「あまり止まっていると、目立ちまする」

伊之介が注意した。

「他人を気にせぬ江戸とは、随分勝手が違うな。一度戻ろう。宿で話を訊くことにしよう。宿屋は他国者になれておろう。少しは役立つはずだ」

聡四郎は苦笑しながら、歩き始めた。

二

京より伊賀へ向かうには二つの方法があった。一つは東海道《とうかいどう》を下り、近江《おうみ》の国水口《みなくち》から南下する道、もう一つが京から奈良《なら》へ出て、伊勢道《いせみち》を東へ向かう経路である。

東海道経由の道は、甲賀《こうか》を抜けることになる。今、伊賀と甲賀は敵対しているわけではないが、わざわざ忍の本拠を通り、己の行動を教える意味はない。

伊賀者は、奈良から伊賀へと向かった。

忍の歴史は、聖徳太子《しようとくたいし》の昔にさかのぼる。十人の言葉を同時に聞き分けたという聖徳太子だが、忍を使って、あらかじめ陳情《ちんじよう》の内容を知っていただけなのだ。伊賀に忍が生まれたのが、いつかは定かではない。だが、京に近く、都での政変に負けた者が落ち延びていくに便利な伊賀である。再起を図る権力者にとって、都の動向は、喉《のど》から手が出るほど欲しい。そこで密かに京へ入り、敵の情報を摑《つか》んでくる者が求められた。こうして、伊賀で忍が誕生した。

その後、戦国の雄、織田信長によって、一度は壊滅の憂き目にあった伊賀だが、信長が本能寺で討たれたおり、堺《さかい》に孤立した徳川家康の帰郷を助けたことで、復活した。

家康は伊賀の恩を忘れず、二百人の伊賀者を同心として抱えた。もちろん、すべての伊賀者が江戸へ移ったわけではない。郷に残った者も多い。

伊賀の技は、秘さなければならなかった。他人目《ひとめ》につきやすい江戸では、満足な修行もできない。よって、江戸の伊賀者は、かならず家督《かとく》を継ぐ前に、郷へ戻り、修行を積む慣習があった。

「誰だ」

山間《やまあい》の伊勢道を走った伊賀者は、郷へ入った瞬間誰何《すいか》を受けた。

「江戸の御広敷伊賀者、二島《にとう》喜左《きざ》だ。お館《やかた》さまにお目にかかりたい」

「ついてこい」

二島の前に、人影が湧《わ》いた。

伊賀には三家のお館と呼ばれる家があった。服部《はつとり》、百地《ももち》、藤林《ふじばやし》である。伊賀の忍を束ねる郷士《ごうし》の名門で、多くの小作人《こさくにん》を抱え、田畑を耕させていた。その小作人たちが、伊賀の忍である。

案内された先は、藤林家であった。

「江戸の伊賀者が、奈良街道を下って郷へ入り、儂《わし》に会いたいという。用件はなんだ」

応対した藤林耕斎《こうさい》が、問うた。

「…………」

奈良街道から見張られていたことに気づかなかった二島が、絶句した。

「郷へ入るまでに相手を知らねば、対応する間があるまい。江戸では、そのていどのこともわからぬ者を使っているのか」

耕斎があきれた。

「……心急《こころせ》いておりましたもので」

あわてて二島が取り繕った。

「用件を」

言いわけを聞き捨てて、耕斎が促した。

「人をお貸し願いたい」

「……忍が要ると言うか」

すっと耕斎の目が細くなった。

「さようでござる。恥を話すことになりまするが……」

大奥の話を伏せて、二島は箱根の話だけをした。

「……ふん」

耕斎が鼻先で笑った。

「江戸の御広敷伊賀者が、幕府役人の命を狙う。おもしろいことよな」

裏があることを見抜いている、と耕斎が暗《あん》に告げた。

「これ以上は、江戸へ問い合わせていただきませぬと」

二島が言えぬと告げた。

「すでに出した」

「えっ……」

啞然《あぜん》とした声を二島が漏らした。

「いつの間に……」

「五日前よ」

「ば、馬鹿な。まだ、拙者《せっしゃ》は京にも入っていない」

二島が信じられないと言った。

「先発がいたはずだ」

「あっ」

耕斎の言葉に、二島が思いあたった。

「しかし、どうしてそれを」

「伊賀は絶えず都を見ている。それが先祖代々の生きる道じゃ」

厳しい表情で、耕斎が言った。

「京に人を……」

ようやく二島が理解した。

「江戸の伊賀者頭《いがものがしら》も知っているはずだ。人を出すときには、あらかじめ郷へ報《しら》せを入れる約束もな。しかし、今回、それはなかった。もっとも、京へ入った連中は、すぐに出て行った。目的の地が京でなかったゆえ、挨拶不要と考えたのだろう。しかし、こちらとしては見過ごせぬ」

耕斎が咎《とが》めた。

「よって、詰問《きつもん》の使者を江戸へ出した」

「五日前……ならば、すでに江戸へ」

「着いているはずだ。いや、返答を得て、こちらへ帰ってくる途中であろう」

淡々《たんたん》と耕斎が告げた。

江戸から伊賀まで、熟練の忍ならば、三日で着く。

「それまで、ここにいるがいい」

耕斎が立ちあがった。

「一族ゆえ、拘束はせぬが、みょうなまねをすれば、遠慮はせぬ」

「しょ、承知」

氷のような目つきで睨まれて、二島が震えた。

江戸城の本丸《ほんまる》、西の丸、吹上《ふきあげ》など、世にいう内廓の総面積は、およそ三十万六千七百坪に及ぶ。そのなかから本丸だけを抜き出すと、建坪一万一千三百七十坪余りあった。

そして本丸に含まれる大奥は、じつにその半分以上の六千坪強を誇った。江戸城の主《あるじ》である将軍家の居住する中奥《なかおく》が二千坪ていどしかないのだ。これから考えてもどれほど、大奥が巨大であるかわかる。

「江戸城は女の城か」

八代将軍徳川吉宗は、中奥御休息《おきゅうそく》の間《ま》で吐き捨てた。

「この建物の修復だけで、毎年、どれだけの金が要る。無駄に広い御殿《ごてん》など、ただの金食い虫じゃ」

「上様、お声が大きすぎまする」

御側御用取次《おそばごようとりつぎ》加納久通《かのうひさみち》が、吉宗を宥《なだ》めた。

「ここには、わたくししかおりませぬが、部屋の外には小姓《こしょう》や小納戸《こなんど》どもが控えておりまする。その者たちに……」

「聞こえるように申しておるのだ」

加納久通の忠告を押さえこむように、吉宗が被《かぶ》せた。

「小姓や小納戸のなかには、大奥と通じている者もおろう。そやつらに聞かせておる」

「大奥の反発を招かれると」

吉宗が子供のときから仕えている加納久通は、すぐにその意図をさとった。

「躬《み》を掣肘《せいちゆう》しようと大奥が動いてくれれば、狙いどおりになる。将軍に逆らえば、いくらでも罰は与えられる。大奥自体をなくすこともできる」

大奥を焦らせ、その失態を招こうと吉宗は手を打っていた。

「上様」

大奥をなくすとのところだけ大声にした吉宗へ、加納久通があきれた。

「しかし、そこまでせねばなりませぬか」

あまりに過激ではないかと加納久通が首をかしげた。

「広さだけではないわ。これを見るがいい」

吉宗が手元の紙を加納久通の前へ滑らせた。

「これは……」

「数年前の幕府ご入り用払高大積じゃ」

問う加納久通へ、吉宗が答えた。

ご入り用払高大積とは、幕府一年間の総収入と総支出を記した勘定方の記録であった。

「年貢米《ねんぐまい》、運上《うんじよう》などの総収入が、およそ百五十万両。対して大奥の総支払額が、二十六万八千七百四十両余り。二割近くを占めておる。これは旗本どもの俸禄《ほうろく》すべての半分に等しい。よいか、今大奥におる女はおよそ七百。これを千四百にするだけで、数千、いや、万をこえる旗本たちと同じになる。どう考えても異常であろうが」

吉宗が言った。

「大奥は、将軍家の私《わたくし》。上様のお心をお癒《いや》し申しあげ、お子さまがたをお預かりし、傅育《ふいく》していくところ。将軍家の継承になくてはならぬところ。上様と御台所さま、若君さま、お姫さま方を御賄いいたすところ。費用がかかるのは当然でございましょう」

仕方がないことであると加納久通が述べた。

「かかるにもほどがあるわ。和歌山《わかやま》にいたころを考えてみよ。たしかに、幕府の十分の一ほどの石高《こくだか》だったが、躬の入り用が年に二百両ほど、御台所が三百両、息子どもにそれぞれ百五十両ほど、それに女中どものかかりを加えても二千両もあればすんだ。十倍しても二万両ぞ。大奥がいかに異常か、わかろうが」

「紀州に比べられては……それに、上様が藩主となられるまでは、かなり費用がかかっていたのもたしかでございましたので」

加納久通が話した。

「それを放置していた。だから、紀州藩はあそこまでひどくなったのだ。今の幕府も同じじゃ。このままでいけば、十年経《た》たずして、幕府は滅びるぞ。金がなければ、人も雇えぬ、矢玉《やだま》も買えぬ。兵糧《ひょうろう》も手配できぬ。戦《いくさ》のできぬ徳川家に、天下は治められぬ」

はっきりと吉宗が首を振った。

「しかし、あまりに性急《せいきゅう》なことは……」

「余裕がないと言ったはずだ」

「わかっておりまするが、大奥の費《つい》えを一気に削るのはどうかと。大奥は、上様とそのご縁者がたを守るところでございまする。金がなければ十分なことも……」

「本気で申しておるのか」

寵臣《ちょうしん》の顔を吉宗が見た。

「……………」

反論できず、加納久通が沈黙した。

「大奥こそ、将軍の害毒だ」

苦い声で吉宗が述べた。

「大奥ができてから、いや、その前から、何人の子供が、将軍の血を引く子供が死んだと思う」

「…………」

「答えられぬか。臣下として当然だな」

将軍の子供が大奥で殺されているなど、臣下として口にできるはずもなかった。同意の態度を示しただけで、口封じされかねない。

吉宗の言いぶんは暗黙の事象であった。

明らかに大奥で殺されたとわかるのは、二代将軍秀忠《ひでただ》の長男である。長丸《ちようまる》と名付けられた秀忠と側室の間に生まれた男子は、正室お江与《えよ》の方によって殺害された。わずか二歳の長丸を押さえつけ、お灸《きゆう》を据《す》え、全身熱傷で死なせたのだ。二代将軍の長男、それは三代将軍なのだ。その長丸を、正室が害した。

それが前例になったのかも知れなかった。

五代将軍の息子徳松《とくまつ》も、大奥で死んだ。神田《かんだ》館にいたころは、まったく病気もしないほど元気だった徳松が、大奥へ入ってから死んでいる。

そして七代将軍家継《いえつぐ》もそうだ。まだ幼い将軍は、中奥ではなく大奥にいた。そして、八歳の若さにして、この世を去った。

「表に出ない側室たちの流産、死産、出産直後の赤子《あかご》の死亡。言い出せば、寺が一つ建つほどあるぞ」

「上様、それ以上は……」

沈痛な顔で、加納久通が止めた。

「わかったか。大奥は将軍の敵だということが」

吉宗が告げた。

「将軍の子が死んでも、表は大奥に手を出せぬ。男子禁制だからの。かろうじて奥医師どもが、遺体の検分をするとはいえ、将軍の血筋をあまりいじくりまわすことはできぬ。細かく検案しようとすれば、不敬と言われるからな。場合によっては奥医師を罷免《ひめん》されることにもなりかねない。どうしてもおざなりになる。目付《めつけ》は手出しせぬ、奥医師は言いなり。これで大奥が増長《ぞうちょう》せぬはずはない」

「……………」

諫《いさ》めても止まらない吉宗に、加納久通がふたたび沈黙した。

「江戸城のなかに、躬の安心できぬところがあるなど、論外であろう」

「はい」

ようやく加納久通が同意できた。

「ゆえに、躬は大奥を潰《つぶ》す」

不意に吉宗が声を潜めた。

「本気で……」

加納久通が息を吞んだ。

大声で外まで聞こえるような話をしているときは、相手に対する威嚇《いかく》だと加納久通は知っていた。いわば、吉宗流の芝居なのだ。共演者である加納久通も、芝居が本物に見えるように動く。

しかし、他所《よそ》に聞こえないように、吉宗が声を潜めたときは、別であった。

「うむ。しかし、いきなり大奥を潰すことは難しい。反発が大きいからな。分家から入ったことで、譜代大名どもに侮《あなど》られている躬が、性急なまねをすれば、足を掬《すく》われかねない」

幕府も設立から百年をこえた。もとは徳川家という戦国大名だったこともあり、幕初、将軍家は権力のすべてを把握していた。しかし、天下を取った徳川家の政《まつりごと》は、三河《みかわ》や駿河《するが》を領していたころとは比べものにならないほど複雑になっている。いかに徳川家の当主が優秀でも、一人でできるものではなくなった。

また、血筋の正統を守るため、成人した血縁ではなく、まだ幼い子供に将軍の地位を継がせたりしたこともあり、幕政は譜代大名から選ばれた老中、若年寄《わかどしより》の手に握られた。

「人というのは、一度手にした権を失いたくないものだ。執政《しっせい》どももそう思っておろう。今は、家光《いえみつ》の血を引く系統が絶えたため、やむなく躬に将軍を継がせざるを得なくなったので、おとなしくしておるがな」

吉宗は八代将軍になるおり、老中たちから、従属するとの誓詞《せいし》を取っていた。

「誓詞など、ただの紙切れだ。いざとなれば、何の役にも立たぬ。老中どもにしてみれば、紙さえ渡しておけば、躬が満足するだろうと考えておるだろうが……」

鼻先で吉宗が笑った。

「躬は、牙《きば》を剝《む》く。百年の間幕政を縛り付けている悪癖を嚙《か》み破る」

「上様」

「わかっておる。無茶はせぬ。大奥はその試金石《しきんせき》なのだ。大奥が躬にしたがえば、執政どもも黙る。老中でございと肩で風切りながら、女たちさえ制せなかったのだ。いうなりに金を出すような連中など、躬の敵にはならぬ」

御台所のいない今は少しましになったが、六代将軍家宣《いえのぶ》のころまで、大奥の散財はすさまじかった。

「御台所さまのお望みでございまする」

大奥から不意の出費を求めるときは、いつもこう言ってきた。将軍の妻の希望となれば、表も無下《むげ》にはできなかった。御台所から将軍の耳へ、誰それは妾《わらわ》の願いを聞いてくれませなんだと囁《ささや》かれでもすれば、老中の首が跳ぶ。

「御台所の願いといって、一年に八千両をこえる追加を求められた年もある」

吉宗があきれた。

「簞笥《たんす》などの調度品《ちょうどひん》など一度買えば、そう替えるものではない。しかし、過去の記録を見ると、ほぼ毎年購入している。これは、すべて御台所が使ったのか。そんなはずはあるまい。調度品だけで局《つぼね》が埋まり、寝るところもなくなる。つまり、御台所の名前を利用して、己のものを買わせた者がおるのだ」

「不遜《ふそん》な」

加納久通も顔をゆがめた。

大奥の女中たちの道具は自前である。実家から運んできてもよいし、新たに購入してもいい。ただし、その費用は己が負担しなければならなかった。

それを大奥の女中たちは、御台所の名前を使って、ただで手にしていた。

「わかったであろう。大奥は躬にとってじゃまでしかない。女が欲しければ、館を作り、そこに囲えばいい。女中も五人ほどつければ、日常に困ることなどない」

一度吉宗は言葉を切った。

「幕府に大奥は不要。ただし、いきなりはできぬ。少しずつ力を削《そ》いで、抵抗するだけのものを奪ってからな」

吉宗が宣《せん》した。

「では、水城を京へやったのも……」

「今の大奥を取り仕切っているのは天英院《てんえいいん》と月光院《げっこういん》だ。天英院は近衛家の出だが、すでに京《みやこ》を離れて長い。月光院は浅草《あさくさ》の出。ともに京への影響は少ない。多少天英院が使えようが、それでも近衛家の一門ていどだ。なにより京は遠い。躬がなんのために、御広敷用人を京へやったか、気になっておっても、なにもできまい。新たな寵姫《ちょうき》探しと思ってくれれば、なによりじゃ。さすれば、あの者のことを隠せる」

厳しい顔をしていた吉宗の表情が、少し緩んだ。

「久通」

「はっ」

「水城一人にさせるわけにもいくまい。少し、手出しをしよう。今夜、大奥へ参る。月光院へ、夕餉《ゆうげ》をともにと報せよ」

「承知いたしましてございまする」

加納久通が平伏した。

三

大奥の主は御台所である。

しかし、御台所を失い、再縁していない吉宗が将軍となった今、大奥には主がいなかった。

いや、その代理は二人いた。

六代将軍家宣の正室天英院と七代将軍家継の生母《せいぼ》月光院であった。六代将軍家宣が生きていたときは、天英院が月光院を圧倒していた。いかに家継の生母でも、家宣が生きている間は奉公人にしか過ぎないからである。

だが、これは家宣の死をもって逆転した。

天英院は前の将軍の御台所となり、月光院は将軍生母となった。

妻と生母、要は、どちらが将軍を握っているかで、権力は移動した。天英院は逼《ひっ》塞《そく》し、月光院は栄華《えいが》を極めた。このまま家継が無事に成長し、御台所を迎えれば、天英院は大奥を出て、桜田《さくらだ》の御用邸あたりに隠遁《いんとん》、月光院は新たな御台所に遠慮しながらも、大奥で権を振るえた。

しかし、家継が死んだ。

これでふたたび、大奥は混迷に陥《おちい》った。

夫家宣を失った天英院、吾《あ》が子家継を亡くした月光院、二人とも、権力の後ろ盾をなくしたのだ。いわば、同格となった天英院と月光院の争いは熾烈《しれつ》を極めた。その争いの種となったのが、八代将軍の選定であった。

天英院は家宣の弟館林《たてばやし》藩主松平清武《まつだいらきよたけ》を、月光院は紀州藩主であった吉宗を推した。途中で天英院も吉宗支持に回ったが、勝ちが見えた段階での寝返りは、どうしても軽くなる。

吉宗は、天英院を軽く扱い、月光院を大切にした。

その一つが、夕餉の誘いであった。

正室——将軍となる前は御簾中《ごれんじゅう》といい、将軍となった今は御台所と呼ばれる——を持たない吉宗だが、側室も大奥へはいれていなかった。すなわち、吉宗が大奥へ行く理由はない。

もちろん、正室と側室がいなかろうが、将軍が大奥へ足を踏み入れてはならないわけではなかった。

代々の将軍の位牌《いはい》を祀《まつ》った仏間は大奥にあり、将軍は毎朝、仏間へ行き先祖を拝む習慣になっている。といっても、朝のことだ。夜は、用がない。かといって、大奥を放置しておけば、ろくなことにならない。吉宗は、手綱《たづな》を締める意味もあって、ときどき大奥で夕餉を摂《と》った。

そのとき、相伴《しょうばん》させる相手は、身分からいって、天英院か月光院しかいない。かろうじて、五代将軍の養女となった竹姫も対象となるが、未婚の女を呼んでは、みょうな噂《うわさ》を生みかねなかった。

そして、吉宗の夕餉につきあう回数が、大奥で誰が重視されているかの指標となる。天英院も月光院も、毎日のように吉宗へ、夕餉の誘いの手紙を寄《よ》こしていた。といっても、毎日応じていられるほど、吉宗は暇ではない。月に何度か、大奥を訪れるのが精一杯である。

その機会を吉宗は大いに利用していた。

「上様、今宵《こよい》、月光院さまと夕餉をともになされるよし」

御広敷から大奥へ、吉宗の来訪が報された。

「畏《おそ》れ多いことでございまする」

月光院付きの上臈《じょうろう》、松島《まつしま》が手をついた。

「暮れ六つ（午後六時ごろ）、月光院さまには、御小座敷《おこざしき》へお出《い》でくださいますよう」

御広敷用人小出半太夫《こいではんだゆう》が、続けた。

「承《うけたまわ》ってございまする」

松島が下がった。

吉宗が大奥へ来るという話は、松島が月光院に報告する前に知れ渡った。

「また月光院のもとへか」

女中から聞かされた天英院が苦い顔をした。

「先だっても月光院であったのだぞ」

天英院が不満を口にした。

「松平清武どのを推した妾《わらわ》は負けたのだ。ゆえに最初の夕餉の誘いを月光院に譲った。それで、妾の遠慮は十分であろう。もとの身分を考えてみよ。妾は五摂家の筆頭ともいえる近衛家の娘であり、月光院は、浅草の生臭坊主《なまぐさぼうず》の娘。もと加賀《かが》藩士の娘などと言っておるが、それも怪しいではないか。その差を吉宗はどう思っておるのだ」

「どうぞ、お平《たい》らに」

憤懣《ふんまん》やるかたないという天英院を、上臈姉小路《あねこうじ》が宥《なだ》めた。

「次こそは、こちらにお見えくださいますよう、御側御用取次へ強く申しておきますゆえ、どうぞ、今宵はご寛恕《かんじょ》なされませ」

「次こそとそなたはいつも申すが、叶《かな》ったことなどないではないか」

天英院が怒鳴りつけた。

「…………」

姉小路が沈黙した。

「このままでは、将軍に嫌われた女として、自ら身を退《ひ》くしかなくなるのだぞ」

「それは……」

泣くような天英院に、姉小路は言葉を失った。

すでに天英院が、御台所であったころから、二回の代替わりがあった。代替わりのたびに、多くの者たちの身分や役職が入れ替わるのは、表も大奥も同じである。とくに、天英院は御台所から、先代の御台所、そして、先々代の御台所へと格を下げ続けているのだ。

大奥を出て、捨て扶持《ぶち》で余生を送ってもおかしくはない状況になっている。

「桜田の御用屋敷を与える」

吉宗の一言に、逆らうだけの力をすでに天英院は失っていた。

「実家《さと》はあてにならぬ」

寂しげに天英院が言った。

天英院の父、近衛基凞《もとひろ》はまだ存命であったが、すでに関白職を譲り、引退していた。また、家宣の時代、天英院とのかかわりで幕府と親しくし、何度も江戸へ下向《げこう》した近衛基凞は、霊元上皇《れいげんじょうこう》や他の摂家たちに嫌われており、朝廷での発言力はまったくなくなっていた。

「妾は誰を頼ればよいのだ」

天英院が姉小路を見た。

「あのとき、無理にでも清武どのを推し続けていればよかった。水戸《みと》家さえ、出て来なければすんだものを。綱條《つなえだ》め。いつまでも昔のことを根に持ちおって」

呪《のろ》うような声で天英院が水戸権中納言《ごんのちゅうなごん》綱條を罵《ののし》った。

天英院と綱條のあいだには、確執があった。家宣の正室となる前、まだ照姫《てるひめ》だった天英院に、水戸家が縁談を持ちこんだ。

三代藩主綱條の正室として、照姫を迎えたいというものであった。

「武家とは縁を結ばずというのが、近衛家の家訓である」

近衛基凞はすげなく断った。やむなく綱條は、近衛家から見ると格下の今出川公《いまでがわきん》規《のり》の娘と婚姻をなした。

その直後、近衛家は照姫を甲府宰相《こうふさいしよう》綱豊《つなとよ》、のちの家宣のもとへ嫁がせた。これは、近衛基凞の気が変わったとか、甲府家のほうが水戸家よりも結納金が多かったとかのわけではなかった。

かたくなに武家を拒む近衛基凞の姿勢は変わらなかったが、水戸家とは違うのだ。甲府宰相綱豊の正室にとの意向は、幕府からのものであった。

天皇にもっとも近い五摂家とはいえ、飾りものでしかないのだ。幕府の圧力に近衛基凞は屈するしかなかった。照姫は綱豊のもとへ嫁いだ。

そのような事情を知らない水戸家は憤慨した。御三家を甲府より下と見たかと、近衛家へ詰問の使者を出したりしたが、すんでしまったことはどうしようもない。

また、相手が将軍家綱《いえつな》の甥なのだ。喧嘩《けんか》を売るだけの度胸は、水戸にはなかった。

だからといって、水戸家が、綱條が、受けた屈辱《くつじよく》を忘れたわけではない。将軍選定をゆだねられた綱條が、天英院の縁者である松平清武を忌避《きひ》した理由の一つになっていても不思議ではなかった。

「このままでは、落ちていくだけぞ」

天英院が焦った。

子供のいない天英院に頼る相手はない。家宣の正室であったのだ。大奥を出されても生活に困ることはないが、与えられるのはわずかな捨て扶持だけになる。ついている女中の数も減らされ、今までのような贅沢《ぜいたく》はできなくなる。

「上様にお詫《わ》びをなされてはいかがでございましょう」

姉小路が発案した。

「吉宗の前に膝《ひざ》を屈しろというか」

さっと天英院の顔色が変わった。

「天英院さまは、いわば、上様の祖母にあたりまする」

怒る天英院を宥めるように、姉小路が続けた。

将軍の系統は代を受け継いでいるとの形を崩さないため、年齢に関係なく先代将軍の養子となる。吉宗は八歳で死んだ家継の息子となった。また、側室が産んだ子でも、嫡子《ちゃくし》になるとき、御台所の養子とされるのも決まりであった。つまり、吉宗は、天英院の養子なのだ。

「母に孝《こう》を尽くすのは、子の任。和解を求められれば、受けざるをえませぬ。天英院さまが折れられたにもかかわらず、同じことをするならば、咎められるのは上様となりましょう。そうなれば、世間の同情は、お方《かた》さまに集まりまする」

「名を捨てて実《じつ》を取れというか」

「ご賢察《けんさつ》畏《おそ》れ入りまする」

姉小路が褒めた。

「しばし、考えさせよ」

「はい。あと一つ」

踏み切れない天英院に、姉小路が話題を変えた。

「まだあるのか。なんじゃ」

天英院が、露骨に嫌《いや》な顔をした。

「上様付きの御広敷用人をご存じでございましょうや」

「聞いたような気もするが、覚えておらぬ」

姉小路の問いに、天英院が首を振った。

御広敷用人は、大奥の所用を担《にな》う。といっても、身分はさして高くなく、その赴任にさいし、御台所や将軍生母へ目通りすることもない。天英院が知らなくても不思議ではなかった。

「その者がどうかしたのか」

天英院が尋ねた。

「上様の命で、新しい側室を求めて、京へ出向いたとのこと」

御広敷伊賀者から聞かされたことを、姉小路は伝えた。

「新しい側室だと」

さっと天英院の顔色が変わった。

「御台所がおらず、紀州時代の側室も大奥へ連れてきておらぬ。その吉宗が、京で新しい側室を探す……公家の娘を選び、その者を御台所代わりにするつもりか」

「おそらく」

姉小路が首肯した。

「公家の娘ならば、側室ではなく、継室《けいしつ》としても問題ない。そうなれば、妾は、御台所としての格式を失うではないか。そこまでして、妾を排したいか」

天英院が、怒った。

すでに天英院は御台所ではない。しかし、七代将軍家継、八代将軍吉宗と二代続いて御台所がいないため、最後の御台所である天英院が、その格式を維持していた。

「実家へ、使者をたてや。公家どもに、娘を出すなと釘《くぎ》を刺してもらう」

「承知いたしましてございまする」

興奮した天英院の命を、姉小路は受けた。

将軍の大奥入りには、いろいろな儀式があった。

まず、大奥のお伽坊主《とぎぼうず》へ、将軍のわたりが報される。お伽坊主は、表の御殿坊主にあたる。尼僧《にそう》として頭を剃《そ》り、女の身で唯一、大奥と中奥を自在に行き来できた。呼び出されたお伽坊主は、中奥に詰める奥の番から、その日、将軍が誰を訪ねるかなどを教えられ、御台所、側室へ連絡するのだ。

次に、中奥から将軍が大奥へ入るときに、奥の番から、大奥御錠口番《おじょうぐちばん》の女中へ警固《けいご》の引き継ぎがおこなわれた。将軍の太刀《たち》が奥の番から、御錠口番へと渡されることで、将軍の身の回りの警固が大奥へと移る。このとき、奥の番と御錠口番の手が触れれば大事《おおごと》になった。ともに、謹慎を命じられ、厳しい取り調べを受けた。ことしだいによっては、奥の番は御役御免《おやくごめん》、御錠口番は、大奥を放逐《ほうちく》されるほどの罰を受けた。

この受け渡しが終わって、ようやく将軍の大奥入りはなった。

表には出ていないが、このとき、もう一つの儀式が目に見えないところでおこなわれた。

陰供《かげとも》のお庭番から伊賀者への引き継ぎであった。

その字のとおり、陰供は、他人目に付かないところでの警固のことだ。江戸城内では、天井裏、あるいは床下に潜む場合が多い。

「御庭之者《おにわのもの》、倉地文平《くらちぶんぺい》である」

「御広敷伊賀者、柘植一郎兵衛《つげいちろべえ》にござる」

上《かみ》のご錠口廊下の天井裏で、御庭之者と御広敷伊賀者が顔を合わせていた。

「これより、上様のご身辺警固の任を譲る」

「承った」

倉地から柘植へと引き継ぎがされた。

御庭之者は、大奥へ入る権を与えられていなかった。

「表、中奥に異常はなし」

「大奥にも不穏の気配はござらぬ」

顔を見合わせて倉地と柘植がうなずいた。

このの ち、吉宗が大奥を出るまで、その陰供は御広敷伊賀者が担った。

最初に倉地が背を向けた。倉地の姿が中奥へと消えるまで、柘植は動かなかった。

「行ったか」

柘植の背後から声がした。

「うむ。床下は早かったのだな」

驚くことなく柘植が、振り向いた。

「あちらは馬場《ばば》と名乗りおったわ」

「そうか。こちらは倉地と言っておった」

二人の伊賀者が話した。

「いかぬ。上様がご錠口を抜けたわ」

「おう。急がねば」

あわてて二人の伊賀者が、天井裏を走った。

「大奥で馬鹿をされては、伊賀の罪になる」

「うむ。大丈夫だとは思うが、金の恨みはきついからの。今までのように贅沢できなくなったため、中臈《ちゅうろう》たちのなかには、着物の新調ができず、茶会に出られなかった者もおる。恥をかいたといって、自害しそうになった女中までいたという」

忍の発声は独特であった。小さく喉を震わせるやり方は、聞かせたい相手にだけ届き、周囲には拡《ひろ》がらない。

「やけになった女中が、上様を襲うか」

「殺そうとはせぬだろうが、嫌《いや》みの一つくらいは言いかねぬ」

小さく柘植が嘆息した。

「それが、どれだけ、大きなしっぺ返しになるか……」

「己は放逐、実家は改易《かいえき》。気づかぬほど頭に血がのぼっておる者がおるかも知れぬ。女は怖いの」

柘植が肩をすくめた。

「そのようなまねをさせては、伊賀の恥」

「うむ。いざとなれば、吹き矢で眠らせるぞ」

懐《ふところ》から柘植が細い一尺（約三十センチメートル）ほどの筒を取り出した。

「そういえば、助蔵《すけぞう》が、京へ出されたそうだの」

柘植が訊いた。

「おう。昼過ぎに、組頭から命じられて、その場から発《た》った」

「御広敷用人の一件か」

「任の内容まではわからぬ」

問われた伊賀者が首を振った。

御広敷伊賀者は一つの組内であるが、任を他人に報せることは許されていなかった。仲間内だけでなく、親子兄弟にさえ告げないのが決まりであり、任を命じられれば、長屋へ戻ることなく赴任《ふにん》する慣例であった。

「他の者は、どうでもいい。我らは、言われたことをこなすだけ。忍は、己で考えてはならぬ。ただ、命じられたままに動けばいい」

「そうであった」

二人の伊賀者が、溶《と》けるようにして消えた。

四

宿へ戻った聡四郎は、清閑寺家のことを主《あるじ》に問うた。

「なにか知っておらぬか」

「さようでございまするなあ」

どうともとれる曖昧《あいまい》な笑いを主が浮かべた。

「なにぶん、お公家はんと、わたくしどもでは、お話しする機会もございませんので……」

「じつは、我が主のお側《そば》に清閑寺さまの姫さまをお招きするべく、我らが派遣されたのだ」

断りの言葉を最後まで聡四郎は言わせなかった。

「さようでございましたか」

主が納得した。

「些少《さしょう》でございますが」

すばやく伊之介が、紙に包んだ心付けを渡した。

「これは、これは」

押し頂いて、主が紙包みを懐へしまった。

「しかし、清閑寺はんに、お捨てになるような姫さまがいてはりましたかいな」

主が首をかしげた。

捨てるとは、公家が娘を大名の側室などに出すことの隠語である。

「姫さまを、主の側室にいただきたい」

これはという姫に目を付けた大名家の留守居役《るすいやく》などが、公家を訪れて、側室の話を出す。

「なんぼで捨てよ」

ほとんどの場合、こう公家は返し、条件が折り合えば、娘を大名家へ渡すのである。もし、その娘が大名の跡継ぎでも産めば、かなりの援助も見こまれる。下級の旗本よりも少ない禄で、官位にふさわしいだけの格を維持しなければならない公家にとって、娘は大きな財産でもあった。

「美しい姫さまがおられると聞いたのだが、違ったのか」

わざと聡四郎が伊之介へ振った。

「どうなのでございましょう。主どのよ、なにかご存じではないか」

伊之介が問い直した。

「清閑寺はんは、芸事《げいごと》をしきってはるお家でもございませんし。高野山《こうやさん》の伝奏役《てんそうやく》はしてはりますが、それほどお金にはなりまへんでっしゃろうなあ。姫さんがおられたら、捨てるのに躊躇《ちゅうちょ》はしはりまへんですやろ」

主が述べた。

公家には家禄以外に家業というのがあった。飛鳥井《あすかい》家の蹴鞠《けまり》、日野《ひの》家の歌道《かどう》、広橋《ひろはし》家の武家《ぶけ》伝奏などである。武家伝奏は幕府との交渉役をおこなう。幕府からなにかと気遣いを受けることができ、かなり余得《よとく》があった。また、蹴鞠とか歌道とかの芸事は、免許を出す代わりに、それ相応のお礼をもらうため、これもまた裕福《ゆうふく》であった。

対して、清閑寺家の場合は、高野山の執当《しっとう》などの交代を朝廷へ伝えるときなどに、多少のお礼をもらえるが、毎年あるわけでもない。ほとんど家禄だけで生活しているようなものであった。

「清閑寺さまは百八十石であったな。百石六人泣き暮らしというのが、武家の慣例句にある。公家の格式を保たねばならぬとなれば、禄だけでは楽ではあるまい」

「でございまっしゃろなあ」

聡四郎の言葉に主が同意した。

「しかし、先ほどお屋敷を他所目ながら拝してきたが、おきれいであったぞ。周囲のお屋敷に比べ、傷《いた》みが目立たなかったと言うべきかも知れぬが。失礼ながら、御所よりよほど……」

最後を聡四郎はにごした。

「そうでございますなあ」

主が思案し始めた。

「ちょっとお待ちを」

一礼して主が、部屋の襖《ふすま》を開けた。

「おい、お孝《たか》を呼んでおくれ」

手を叩《たた》いて、主が女中の名前を出した。

「お呼びどすか」

すぐに年増《としま》の女中が顔を出した。

「お孝、おまえさんの実家は、一条戻り橋《いちじようもどりばし》のたもとで、茶店を出していたな」

「へえ。それがなにか」

わからないとお孝が首をかしげた。

「清閑寺はんのこと、知っているかえ」

「何度かお目にかかったことは」

問われたお孝が応えた。

「内証《ないしよう》裕福なようやけど、なんぞ清閑寺はんにあるんかいな」

「たしかお姫はんが、江戸へ下られたはずで」

お孝が言った。

「江戸へ。どこかのお大名の側室でか」

主が続けて尋ねた。

「あのころ、さほど噂にならなかったように覚えておりますので、違ったような自信なげにお孝が言った。

「噂にならなかったとは、どういうことだ」

聡四郎が質問した。

「お姫はんが、お大名や裕福な商家のお妾《めかけ》はんにならはったら、あのあたりのお公家さんが、やっかんで、いろいろなことを言いはります」

武家に対してである。緊張した声でお孝が答えた。

「噂……」

「旦《だん》はん」

詳細を求める聡四郎に、お孝は主へと了解を求めた。

「かまわへん」

主が許した。

「噂とは、先ほども申しましたように、やっかみでございます。たとえば、お姫はんが、加賀の前田《まえだ》はんのような大大名のもとへ行かれたら、かなりの合力金をいただくことになりますする」

「合力金とは、姫さまの実家へ払う金か」

「はい。捨て金と申しまする」

お孝がうなずいた。

「どのくらいの金額になる」

「それはもう、姫はんの実家の格式、容姿などで大きく違いますよって、一概には言えまへん」

お孝が首を振った。

「かなり前のお話でございますが、水戸さまがご側室を京から迎えはったときには、千両のお支度金《したくきん》が用意されたとか」

「千両とは、すごいな」

聡四郎が唸《うな》った。

「殿、吉原《よしわら》の太夫《たゆう》の身請《みう》けとなりますと、千両くらい当たり前でございますよ」

伊之介が口を挟《はさ》んだ。

「そんなに高いのか」

家を継ぐまでは遊廓《ゆうかく》にかようほどの金をもたず、家を継いですぐに紅《あかね》と知り合った聡四郎は、吉原で遊んだことがなかった。

「京の島原《しまばら》の太夫も、それくらいはしますよって。先だって西陣《にしじん》の旦那衆のお一人が、身をひかせた太夫の代金は、身請け金、お披露目の費用、新築した妾宅《しょうたく》のかかり、全部合わせて四千両をこえたとか」

主も述べた。

「四千両……妾一人に」

大宮玄馬が絶句した。

水城家の家宰《かさい》として玄馬には五十石が与えられている。実収入は五公五民で二十五石、精米の目減りをのけると、年にしておよそ二十二両ほどである。たった一人の女のために、西陣の織物問屋の主は、玄馬二百年分の収入を出したのだ。驚くのも当然であった。

「美しく生まれたために、島原へ売られ、そしてまた、金で好きでもない男はんの囲い者になる。しかも、四千両は、一文《いちもん》も己の手に入らへんのでっせ。とても幸せとはいえまへんな」

驚いた玄馬を、主がたしなめるように諭した。

「そうであったな。気づかぬことであった」

代わりに聡四郎が、詫びを表した。

「もうよろしゅうございましょうか。他のお客さまへ膳を運ばねばなりまへんのどすが」

おずおずとお孝がうかがった。

「手を止めて悪かったな。少しだけど、これを」

伊之介が、一朱金《いっしゅきん》をお孝の帯の間に押しこんだ。

「おおきにありがとうございまする」

うれしそうに帯を押さえて、お孝が下がっていった。

「お役にたちませいで」

機を見た主も腰をあげた。

「主、どなたか懇意《こんい》の公家どのはおられぬか」

聡四郎が主を止めた。

「懇意とまではいきませぬが、庖丁《ほうちょう》のお家柄の四条《しじょう》はんとは、少しご縁が」

「紹介をしてくれぬか。いろいろ事情を訊きたい」

「よろしゅうございますが、多少……」

主が語尾を濁《にご》した。

「挨拶のものは出させてもらおう。お目にかかることができれば、主にもあらためて礼をさせてもらおう」

わかっていると聡四郎は首肯《しゅこう》してみせた。

「では、ご都合を明日にでもお伺いいたしまする」

「頼む。我らは京見物でもして、吉報《きっぽう》を待とう。手間をとらせたな。行ってくれていい」

聡四郎は、主を去らせた。

「公家の紹介ならば、京都所司代さまにお願いされたほうが、よろしいのでは。幕府からの命となれば、公家も無理は言いませぬ」

言外に伊之介が、かなりの金を要求されることになるとほのめかした。

「所司代からの命にすれば、公家が堅くなろう。話した内容が全部幕府へ筒抜けになると最初に念押しされたようなものだ。とても本音は聞けまい」

「なるほど」

「それに、上様と執政衆の間は、うまくいっていないからな。あまり、所司代に報せたくはない」

「気がつきませんで」

理由を聞いた伊之介が謝った。

伊賀の郷へ、江戸の返事がもたらされた。京での御広敷伊賀者の働きを助けてくれるようにとのものであった。

「ほう、金二十両か」

使いに出した伊賀者が持ち帰った金に、耕斎が小さく驚いた。

「ずいぶんと御広敷伊賀者は裕福になったのだな」

耕斎が二島を見た。

「…………」

まさか大奥に月百両で抱えられたとは言えない。二島は沈黙を保った。

「まあよい。出所はどこでも、金には違いない」

気にした風もなく、耕斎が金を受け取った。

「四人でいいな」

「もう少しお願いしたい。三人の御広敷伊賀者を撃退しておる相手でございまする」

二島が述べた。

「江戸者と比べるな。鍛錬する場所もない江戸と違い、我らは毎日の修行を欠かしておらぬ。郷の伊賀者は、江戸者三人分の働きをする。なにより、二十両では四人までじゃ。さらに要るならば、金を出せ」

冷たく耕斎が拒んだ。

「……承知」

腕の差は報されている。二島はなにも言えなくなった。

四条家との約束は、二日先となった。

「その間どうしましょうや」

「御所の周りを見て回るのは、しばらく止《や》めたほうがよろしいかと」

玄馬の言葉に、伊之介が応えた。

「警戒されるか」

「はい」

伊之介がうなずいた。

よそ者に敏感な京である。同じ武家が御所の付近を何度もうろついていれば、どうしても目立つ。

「かといって宿に籠《こ》もっているのも、変だな」

「京へ来て見物をしないものは、まずおりませぬ。宿屋の主の目もございまするし」

　小声で伊之介が注意を促した。

「わかっておる。主が、我らのことを気にしているのはな」

　破格の金を渡してあるとはいえ、聡四郎たちはいつか京を離れるのだ。これからも京で商いを続ける主にしてみれば、他国者でしかない。

「少し離れるとしよう。伊之介、どこかないか。あまり人の多くないところがよい」

「人の多くないところでございまするか」

　伊之介が怪訝《けげん》な顔をした。

「伊賀者の気配を確認したい。このまま終わるとは思えぬ」

「はっ」

　聡四郎に言われて、玄馬が息を呑んだ。

「失念いたしておりました」

　玄馬が頭《こうべ》を垂《た》れた。

「気にするな。吾も気を緩めていたからな。さすがの伊賀者も京で馬鹿はすまいとな」

首を振って聡四郎は、玄馬を宥めた。

「……ならば、伏見稲荷《ふしみいなり》まで足を延ばしましょう」

しばらく考えていた伊之介が案を出した。

「伏見稲荷は、日本の稲荷神社の総社でございまする。商売の神さまとして、庶民の崇敬《すうけい》も厚うございまするが、多くは本殿を拝んで終わりにし、奥まで参りませぬ。かなり長い階段を上がらねばなりませぬが、奥の社《やしろ》までいけば、他人目はまずございませぬ」

「伏見は遠いか」

「ここからだと半日もあれば往復できましょう」

「ちょうどよいな。気をつけていれば、伊賀者の気配を見つけられるやも知れぬ」

聡四郎は立ちあがった。


奈良から京へ向かった伊賀者たちは、伏見街道を上っていた。

「あれは……水城」

伏見稲荷大社の鳥居を潜《くぐ》っていく聡四郎の姿を二島は見逃さなかった。

「どうした」

同行していた伊賀の郷の忍が、問うた。

「目標だ」

「さきほどの三人づれか」

二島の見ているほうへ目をやって、伊賀の郷の忍が確認を求めた。

「うむ。中央にいた背の高いのが、水城聡四郎。旗本だ。左にいたのが、その家臣で大宮玄馬、右の小者《こもの》は、伊之介で、品川《しながわ》の宿で茶店をしており、旅慣れていることから、同行している」

手早く二島が説明した。

「足運びから見て、三人ともかなり遣うみたいだが」

「水城と大宮は、一放流《いっぽうりゅう》の遣い手だ。伊之介は、わからぬ。戦っておらぬのでな」

忍の話に推測は許されなかった。わからないならばわからないと正直に告げる。でなくば、まちがった先入観を与えることになりかねないからである。

「一放流とは、また古風なものを」

郷の忍が笑った。

「しかし、それならば、我ら忍の敵ではないな。一撃は重いが、放つに手間がかかり、そのうえ、途中で変化しない」

一放流のことを郷の忍はよく知っていた。

「やるか」

郷の忍が、二島を見た。

「ここでは、参拝客の他人目がありすぎる」

二島が首を振った。

「まったく小心よな、江戸者は。誰がやったかわからなければ、なんの問題もあるまいに」

小さく郷の忍が笑った。

「忍の本質は目立たぬことであろうが。あとをつけるぞ」

不愉快だと二島が歩き出した。


伏見稲荷の歴史は古い。朝鮮半島からの渡来《とらい》民族である秦氏《はたし》の祭祀《さいし》していた農耕の神を和銅《わどう》四（七一一）年、秦氏の一族伊侶巨秦公《いろこのはたきみ》が、伏見の地に祀ったことに始まる。

やがて、豊作の神から派生し、商いの神として庶民の間に信仰が拡がった。稲荷山三ヶ峰をご神体とする伏見稲荷大社の神域は広く、鳥居から本殿まで参道はまっすぐに続く。

「見事なものだの」

赤い大鳥居をくぐって、聡四郎は感嘆の声を漏らした。

「本殿などは応仁《おうにん》の乱で一度焼けたそうでございますが、そのあとすぐに再建され、現在にいたっておるとか」

伊之介が語った。

「まずは、拝礼しよう」

手を洗って、聡四郎たちは本殿に手を合わせた。

「この本殿を右へ進んだ先が、奥の社へ繋《つな》がっておりまする」

伊之介が先に立って案内した。

「ここの階段をあがれば、奥の社へ向かいまする。左にも道はございまするが、こちらのほうが、おもしろうございますので」

微笑《ほほえ》みながら伊之介が歩き始めた。

「おもしろい……神域が」

怪訝な思いで階段をのぼった聡四郎は、目の前の風景に驚愕《きょうがく》した。

「この鳥居の数は……」

参道を覆うように赤い鳥居が何百と続いていた。

「泰平になってから始まったそうでございますよ。なんでも、願いごとがかなったお礼に、信徒が奉納しているとか」

「こんなにか……さすがは稲荷の本社だ。霊験《れいげん》あらたかなのだな」

感嘆の声をあげながら、鳥居を見回すような風で、聡四郎は気配を窺った。

「人気《ひとけ》がなくなりましたな」

小さく玄馬が言った。

「見える範囲にはそれらしい者はおりませんが、忍とはわからぬものでございますからなあ」

二度も襲われたのだ。伊之介も忍の怖さを理解していた。

「気づかれたか」

二島が、足を止めた聡四郎たちを見て呟《つぶや》いた。

「ならば、行くぞ」

「待て、源太《げんた》」

飛び出そうとした郷の忍を二島が押さえた。

「もう少し、奥へ行かせよう。稲荷の山のなかならば、死体をかたづけるのも容易だ」

「顔を潰して捨てておけばよかろうが」

源太が不満を口にした。

「相手は上様の命を受けた旗本ぞ。帰ってこなければ、上様が動く。顔を潰しておいても、不審な死体は、伏見奉行《ぶぎょう》が放置しておかぬ。そこから、たぐられるぞ」

「将軍になにができる。気の弱いことだ」

二島を源太が笑った。

「上様には御庭之者がいる」

「根来修験《ねごろしゅげん》か」

源太が顔をゆがめた。

「御庭之者と伊賀者は対している。少しの傷でも見つけられればまずい。相手には上様がついている。江戸の伊賀が潰されれば、郷に落ちる金はなくなるぞ」

「……ちっ」

脅しともとれる二島の言葉に、源太が舌打ちした。

山間で田畑の少ない伊賀である。毎年江戸から修行のためにくる伊賀者の面倒を見る金は重要な収入であった。

「ならば、もう少し行った先にある奥の社、その先で人影がなくなったところでいいな。あそこなら、木立《こだち》もあり見通しは悪い」

「承知」

襲撃の場所を指定する源太へ、二島が首肯した。

第二章　忍の掟

一

伏見稲荷大社の奥へと進みながら、聡四郎は油断していなかった。

「まったく気配も感じませぬな。毎度のこととはいえ、恐ろしい」

伊之介が緊張していた。

「おらぬのかも知れぬ。ここでなにもなければ、京で襲われる心配はかなり減ってくれる」

聡四郎が述べた。

「少し足を速めよう。いつまでも待っているのは性《しょう》に合わぬ」

誘いを聡四郎は掛けた。

「では、わたくしが先頭に」

大宮玄馬が前へ出た。

「ならば、わたくしが最後を」

「いいや」

下がろうとした伊之介を聡四郎が制した。

「目に入ってくれねば、守れぬ」

「とんでもございませぬ。旦那さまに守っていただいたなどとお嬢に知られれば、この伊之介、首がなくなりまする」

伊之介が手を振った。

「その首が、紅に会う前に飛びかねないのだ」

真剣な表情で聡四郎がたしなめた。

「……すいやせん」

小さくなって伊之介が詫びた。

「足手まといで申しわけもございません」

「気にするな。そのぶん、宿の交渉などで役立ってもらう。吾や玄馬にはできぬことだ」

聡四郎が笑った。

「まちがいない。気づかれておるぞ」

並びを変えた聡四郎たちを見て、源太が二島へ告げた。

「もう遠慮する意味はない」

「待て。ここは退くべきではないか」

二島が躊躇した。

「他人目のないところを望んだのは、きさまぞ。そのとおりの条件になった途端、二の足を踏むとは、怖《お》じ気《け》づいたか」

さげすむような目で源太が二島を見た。

「そうではない。待ち構えられているとわかっているのだ。わざわざそこへ出て行くなど、忍とは言えぬと申しておるのだ。相手が油断しているところを襲うのが、忍の本分であろう」

二島が述べた。

「正しいな。だが、この後、あやつが他人目のないところへ行くという保証はないぞ」

源太が言い返した。

「いずれ、東海道を江戸へ下るのだ。そのときならば、いくらでも機会はあろう」

三度目の失敗など伊賀の恥以外の何物でもない。二島は堅実さを求めた。

「ならば、一人でやるのだな」

黙っていた別の郷の忍が口を挟んだ。

「次郎《じろう》と申したな……なにを言った」

二島が次郎を睨んだ。

「そちらの頼みをもう一度思い出せ。京での標的の殺害の援助。そう、きさまはお館さまに願った。すなわち、我らがきさまに手を貸すのは、京においてのみ。山《やま》城国《しろのくに》を出たら、我らは引きあげる」

「な、なにを言うか。二十両という金を受け取っておきながら……」

冷たく言う次郎へ、二島が詰め寄った。

「願いを口にしたのは、きさまだ。きさまも伊賀者ならば、掟《おきて》を知らぬとは言わさぬぞ」

「掟……」

うっとうしそうに次郎が、二島から身体を離した。

二島が絶句した。

「乱世《らんせい》の昔から、伊賀の助力を求める者は多くいた。それに伊賀は応えた。ときには伊賀の者ども同士が敵となって争うこともあった。力量に差のない伊賀者が争えば、その結果は、どちらが勝っても、双方に傷が残る。これは伊賀の力の減少でしかない。それに気づいた伊賀三家は、厳しい掟を作った。出会い頭での戦いをなくす。そのために、伊賀は引き受ける仕事の内容を細かく決めた。予定外の仕事まであいまいにさせられることのないようにとな。追加で依頼が出ても、それに見合う金が払われない限り、最初の願いの範疇《はんちゅう》でしか任をこなさない。これは決まりだ」

次郎が告げた。

「金……」

聞いた二島が肩を落とした。

「で、どうする。京にあやつらがおる限り、手は貸す。ただ、一歩でも京を離れれば、我らはそこで郷へ帰る」

「もう一度江戸へ人をやって、組頭から……」

「その余裕があればいいがの。江戸への使いは、今回の任とは別になるぞ」

「同じ伊賀者であろうが。多少の融通はきかせてくれ」

二島が言いつのった。

「江戸で禄をもらい、明日の米を心配せずともよいおまえたちと、米など年に二度も喰えればいい郷暮らしの我らを一緒にするな」

はっきりと次郎が断った。

「くっ」

唇を二島が噛んだ。

伊賀者のうち二百人が、家康によって江戸に招かれてから、百年以上になる。代も数回変わっているのだ。かつては近しい親戚であっても、もう赤の他人ほど血のつながりは薄れている。

いや、まだ他人ならばよかった。その境遇をうらやむだけですむからだ。しかし、江戸の伊賀者と、国に残った者には、かかわりがありすぎた。

かたや微禄とはいえ、幕府直参《じきさん》として苗字帯刀《みようじたいとう》を許され、もう一方は、成りもの悪い伊賀の山中で、毎日身を粉《こ》にして野良《のら》仕事に励んでも喰いかねる百姓身分。この差は、戦国の終わりに、江戸へ行くかどうかを選んだ結果であり、そのとき伊賀に残ると決めたのは、郷忍の先祖なのだ。江戸の伊賀者へあたるのは、まちがいであったが、当事者にとって、生活の差のねたみをぶつける相手は、そこしかないのも事実であった。

「…………」

ここで自業自得《じごうじとく》だと言うほど、二島は愚かではなかった。

「どうする。判断は、そなたの仕事だ。ここは退けというならば、大人《おとな》しく下がるぞ」

次郎が言った。

二島はさきほどまで逸《はや》っていた源太を見た。

「…………」

源太が感情のない目で二島を見返した。

「擬態か」

二島は源太のさきほどまでの態度が、見せかけだったと気づいた。

「おまえの功名《こうみょう》だけに、すりつぶされてやる気はない」

源太が述べた。

二島は試されていた。郷の忍を使い潰す気かどうかを確認されていた。

「もし、無謀に突っこませる気なら、そなたを殺して金を返した」

淡々と次郎が告げた。

「金は欲しいが無駄死にはしたくないでな。生きていれば、金は稼げる」

「……わかった」

大きく息を吸って二島がうなずいた。

「やれ」

短く二島が命じた。

「承知」

四人の伊賀者が散った。

神域は人の手が入らない。稲荷山の草木は大きく育ち、見通しはまったく利かなかった。

伊賀の山のなかで生きている郷の忍にとって、稲荷山は庭のようなものであった。

「………」

三人の進む参道の一丁（約百十メートル）ほど先で二人の郷の忍が、地に伏せて潜んでいた。

向かって右に潜んでいる源太が、ほんの少し手を挙げて指を二本立てた。

反対側に隠れている郷の忍が、無言でうなずいて応じた。

先頭を進む大宮玄馬が、あと二間（約三・六メートル）まで近づいたとき、左右の草むらから、手裏剣《しゅりけん》が撃たれた。

「はっ」

小さな気合いを発して、玄馬が脇差《わきざし》で打ち落とした。

「殿」

「わかっている。伊之介、伏せていろ」

すでに聡四郎も鯉口《こいぐち》を切っていた。伊之介へ指示した聡四郎は、後ろを向いた。

「おうっ」

聡四郎は目の隅に黒い影を認め、急いで太刀を抜き撃った。

「…………」

影が、太刀の切っ先の寸前で跳んだ。上から聡四郎へ襲いかかった。

「えいやああ」

流れた太刀を聡四郎は力任せに引き戻し、天を突くように出した。足場のない空中では、いかに忍とはいえ、体《たい》をかわすことはできなかった。

「ちっ」

小さく呻《うめ》いた影が、手にしていた忍刀《しのびがたな》で聡四郎の太刀を叩き、その反動で右へと体勢を変えた。

「なんのおお」

忍の咄嗟《とっさ》の判断に感嘆している暇はなかった。聡四郎目がけて別の影が迫っていた。

二人を相手にすることとなった聡四郎は、太刀に添えていた左手を離し、脇差を抜くなり、投げつけた。

「くっ」

一足一刀の間合いを割っていた。さすがの忍でも完全にかわすことはできなかった。それでも身体をひねった忍は、聡四郎の脇差を左肩で受け止めるだけですませた。

「しゃっ」

怪我《けが》を負いながらも忍は、聡四郎の懐へ入りこみ、忍刀を突いた。

「はっ」

聡四郎は空《あ》いた左手で忍刀の鐔《つば》を叩きあげた。

忍刀は、太刀に比べて短く、間合いが狭い。これが太刀であったら、聡四郎の手は届かず、刃先が胸に食いこんでいたはずであった。

「なにっ」

無理矢理刀の先をずらされた忍が、驚きの声をあげた。

「ふん」

聡四郎は、右手の太刀を水平に薙《な》いだ。

「あっ」

喉を裂かれて、一人の郷忍が落ちた。

「こいつ」

右へ退避していた忍が、怒りの声をあげた。

「死ね」

殺気とともに、手裏剣を続けざまに投げてきた。

「…………」

太刀で聡四郎は打ち払うが、どうしても刀の重さに引きずられる。また、手裏剣は一本の鉄芯に近いのだ。尖《とが》った先を刀身に受ければ、太刀が折れかねない。手裏剣の胴体を峰の部分で叩き落とさなければならなかった。

「ちい」

大きく振られた太刀は、四本目の手裏剣の中央ではなく、末端を叩いた。手裏剣が、斜め上へとその動きを変えた。

「…………」

とっさに首を振って避《よ》けたが、手裏剣は聡四郎の左鬢《ひだりびん》をかすった。血が飛び、無理な動きをした聡四郎の体勢が崩れた。

「もらった」

手裏剣を捨てた郷忍が、忍刀を逆手《さかて》に握り、間合いを詰めた。

「旦那」

伊之介が悲鳴をあげた。


玄馬は二人の郷忍の攻撃をよく凌《しの》いでいた。

「えいっ」

小太刀《こだち》で一流をたてることを師より許された玄馬の動きには無駄がなかった。大きく足を使って忍に近づき、切っ先を小さく鋭く振る。

剣の疾《はや》さで、玄馬は忍を上回っていた。

「ちいい、やる」

後ろへ跳びながら源太が、吐き捨てた。

「合わせろ」

源太が言って、ふたたび前へ踏み出した。

「おう」

もう一人の忍も同じく、忍刀を胸から生《は》やすように把持《はじ》して突っこんだ。

「はっ、ほう」

玄馬は落ち着いていた。

いかに息を合わせたところで、ずれは出る。身長や腕の長さなどの生まれついての差、足や手の筋肉の付き方と使い方という訓練で身につけたものの違い。そして、二人のいた位置。わずかとはいえ、二人の忍の間には遅速《ちそく》があった。

それを玄馬はしっかりと見ていた。

少しだけ速かった左からの一撃を、かわしながら、迫っていた忍の腹に左足を蹴りこみ、その反動を利用して、間合いを空けながら、すがってきた源太の一刀を脇差で打ちあげるようにさばいた。

「こいつ」

弾《はじ》かれた源太の右手が忍刀とともに上へあがった。

「隙《すき》あり」

ためらうことなく、玄馬が足を踏みこみ、脇差を振った。

「あっ」

脇の下の血脈《ちみやく》を断たれて、源太が目を見張った。

「おのれ」

脇の下を切られたのだ。もう右手は使えなかった。また、脇には太い血脈が通っている。急いで肩のところで縛らないと、血を失って死ぬ。といったところで、乱戦中に手当をするなど無理な話であり、玄馬もさせはしない。源太の死は確定した。

「あとは頼む」

そう言って源太が玄馬へ躍りかかった。

「ぐうあ」

玄馬の脇差が源太のみぞおちに突き刺さった。

「……これで終わりだ」

覆面の下で笑った源太が、玄馬の脇差の柄《つか》を摑んだまま、息絶えた。

「……源太」

残っていた忍が、源太ごと玄馬を貫こうと構えた。

「……馬鹿が」

玄馬が脇差を捨てて、後ろへ下がった。

「えっ」

立ち往生している源太の身体を忍刀で突いた忍が、手応えのなさに怪訝な声を出した。

源太の身体の厚み、忍刀の刃渡りを読んだ玄馬は、三寸（約九センチメートル）の間合いで切っ先を避けていた。

「貫くならば、刃渡りの長いものが有利だろう」

太刀を抜いた玄馬が、水平に突き出した。

「ぐえっ」

忍刀を「奥まで通れ」と、源太の背中に抱きつくようにしていた忍が、腹に太刀を刺されて呻いた。

「殿は」

玄馬が振り返った。

狭い参道というのも聡四郎には不利であった。左右は、ともに神域の木立であり、一撃はなんとかなっても、そのあと転がって避けることができなかった。また、林立する木の間隔が狭く、一度倒れれば、起きあがるのは難しい。

「…………」

聡四郎は一撃を受ける覚悟をした。

「これでもくらえっ」

伊之介が砂を摑んで投げつけた。

「うっ」

忍が顔をかばって手を動かした。一瞬、忍の目がふさがれた。

「おう」

見逃さず、聡四郎は前へと身体を倒し、あえて忍へと身を投じた。

「な、なんだ」

身体をぶつけられた忍が、あわてた。

逃げることはあっても近づいてくるなど考えられなかった。忍が急いで刀を振るおうとしたが、聡四郎はそのまま体重をかけて、押し倒した。

「ぐえっ」

聡四郎の分の重みまで背中で受けた忍が、肺のなかの空気を吐き出して呻いた。

「おうっ」

すでに聡四郎は太刀を手放していた。空いた手で、忍の右手を押さえ、刀の動きを阻害した。

「放せ」

忍が身体をひねって抵抗するのを、聡四郎はたくみにそらした。

戦場剣術である一放流には、体術もある。侍は、戦場で倒した敵将に馬乗りになり、その首を掻《か》かなければならないのだ。

しかし、脇差も太刀も手放した聡四郎は決め手に欠けた。

「このやろう」

伊之介の声がして、不意に忍の動きが止まった。拾いあげた太刀で、伊之介が忍の右脇腹を突いていた。肝臓《かんぞう》を貫かれた忍は、即死していた。

「助かった」

忍の死を確認して、ようやく聡四郎は手を離した。

「ご無事で」

玄馬が駆け寄ってきた。

「伊之介に救ってもらった」

聡四郎は立ちあがった。

「よくやってくれた……」

振り返った玄馬が、嘆息した。

「指が離れぬか」

見れば伊之介が太刀を手にしたまま、腰を落としていた。

「無理もないな」

ゆっくりと聡四郎が、伊之介へ近づいた。

「動かずともよい」

やさしく聡四郎は声をかけて、伊之介の手を押さえた。

「手、手が……」

「大丈夫だ」

虚《うつ》ろな目になっている伊之介を宥めながら、聡四郎は柄《つか》を握っている指を一本ずつ伸ばした。

「はあ、はあ」

太刀から手が離れても、伊之介の状況は変わらなかった。

「初めて人を殺したのだろうな」

「でございましょう」

聡四郎と玄馬が顔を見合わせた。

「吾も同じだったな」

「わたくしも」

人を殺して手柄を立て、禄を増やし、出世していくのが武士の本質である。しかし、百年の泰平は、戦場をなくし、武士も人を斬《き》らなくなった。いや、斬れば罪になる時代になった。

無礼討《ぶれいう》ちなどあり得ないのだ。

人を斬れば、己も罰せられる。泰平の法は、そう規定していた。武士も剣術を素《そ》養《よう》として習うとはいえ、子供のころから刀を抜くな、抜けば家が潰れると教えられて育つのだ。

武家でさえそうなのだ。町人が人を殺すなど罪以外のなにものでもなかった。

「玄馬」

「承知」

聡四郎に言われて玄馬が、脇差を伊之介へ向けて構えた。

「はっ」

うつろな眼差《まなざ》しの伊之介の目の前一寸（約三センチメートル）の位置へ、玄馬が脇差を振り下ろした。

「ひっ」

すさまじい殺気に、伊之介が息を呑み、後ろへ身を退いた。

「え、あっ、げっ」

伊之介が戸惑い、そして意識を戻した。

「気づいたか」

下がった玄馬と入れ替わりに、聡四郎が伊之介の前に出た。

「だ、旦那」

「吐け。腹のなかのものをすべて出してこい」

腰を抜かしたまま、聡四郎を見あげる伊之介へ聡四郎は命じた。

「は、はい。う、うげええ」

同じように転がっている忍の死体を見た伊之介が、たまらず吐いた。

「…………」

見守る聡四郎にも覚えがあった。

初めて人を斬ったとき、聡四郎は物陰で吐いた。胃のなかのものを全部出し、それでも吐き気がおさまらず、胃液まで吐いた。涙も鼻水も垂《た》らした。だが、そのおかげで少し楽になった。

「あれがまともなのだな」

「でございますな」

泣きながら、嘔吐《おうと》し続けている伊之介を見ながら、聡四郎と玄馬がうなずいた。

「もう、なんとも思わぬようになってしまったわ」

「わたくしもでございまする」

「こうやって、人は慣れていくのだろうが……」

「慣れたくはございませなんだ」

二人は嘆息した。

「この死体をどうしましょうか」

いつまでも放置しておくことはできなかった。

「このままでよかろう」

玄馬の問いに、聡四郎は言った。

「どうせ、一人は見ているのだ。このまま仲間の死体を棄《す》ててはおくまい」

忍とのやりとりに慣れた聡四郎は冷たく述べた。

「では、そのように」

脇差と太刀の血を鹿皮の裏側で拭《ぬぐ》いながら、玄馬が首肯した。

「いかんな、少しゆがんだか」

無理な遣い方をしたため、聡四郎の太刀の反《そ》りが狂っていた。

「かろうじて鞘《さや》には入るが、あきらかに当たっているな。このまま放置すれば、鞘が割れかねない」

苦い顔を聡四郎はした。

「申しわけございませぬ」

やっと伊之介が立ちあがった。

「いや、すまなかった。守ると言っておきながら、助けられた。感謝している」

聡四郎は頭を下げた。

「よしてください、旦那に頭を下げさせては、お嬢から叱《しか》られまする」

武士が町人に頭を下げる。江戸で他人に見られれば、御役御免にまで発展しかねない。されたた伊之介が慌てた。

「いや、たしかに助かったのだ。さあ、行こうか」

それ以上の話を聡四郎は打ち切った。少しでも早く死体の側《そば》から伊之介を離したかった。

「では、先頭を」

先ほどと同じように、玄馬が先導した。

「うっ……」

玄馬の倒した忍の死体の側を通るとき、伊之介がうめいた。

「気にするな。人は死ねば、皆、仏だ」

聡四郎は声をかけた。

「いずれ、我々も仏になる日が来る。己の先の姿だと思えばいい」

「へ、へい」

伊之介が、首を大きく縦に振った。

「……わたくしたちが、ああなっていたことも……」

言外に含めた意図を伊之介は理解していた。

「そういうことだ。死ぬよりは生きるほうがいい。死者はもうなにもなせぬ。枕元に立って恨み言をいうのがせいぜいだ」

「恨み言でございますか。それならば、別段どうということもございませんね。生きている人のほうが、ろくなことをしないだけ怖い」

伊之介が落ち着いてきた。

これも聡四郎の親切であった。聡四郎を助けるため、己が生きるためとはいえ、人を殺したという事実は重い。たいがいが、夜中にうなされることになる。聡四郎も経験している。だが、それは己の心の罪悪から逃げたいというごまかしでしかないのだ。

武士にしろ、忍にしろ、命がけだとわかって戦ったのだ。負けたのは己の未熟であり、相手が優《まさ》っていただけと納得して死んでいく。幽霊となって枕元に立つような女々《めめ》しいまねはしない。

「そうだ。怖いのは、生きている者よ」

聡四郎も同意した。

「とくに伊賀者の恨みは深かろう」

一瞬足を止めて、聡四郎は後ろを振り返った。

二

去っていく聡四郎たちを見送りながら、二島は震えていた。

「化けものか」

二島が吐き捨てた。

御広敷伊賀者と郷の忍では、腕が違った。なにせ、修行の場に生活し、毎日身体を動かしているのだ。郷の忍一人で、御広敷伊賀者三人に匹敵《ひってき》するとまでいわれるほどの差があった。その郷の忍が四人、あっさりと倒された。

「どう報告しろというのだ」

二島が頭を抱えた。

「……とにかく、郷へもう一度行かねばならぬか」

大きく息を吐いた二島が、死んだ者たちの始末に動いた。

郷の外で死んだ忍は、哀れなものであった。まず、遺《のこ》されるものは一握りの髪の毛だけで、死体は人相が判別できなくなるほど顔を潰されて、埋められる。

手早く死体の始末をした二島は、四人の遺髪を懐にして、ふたたび伊賀の郷へと向かった。

「一人で帰ってきたということは……」

出迎えた藤林耕斎が悟った。

「これを」

懐から二島は遺髪を取り出した。

「感謝する」

遺髪が帰ってくるだけましであった。いたましい表情で耕斎が、二島へ軽く頭を下げた。

「状況を」

うながした耕斎の顔から感情は消えていた。

「伏見稲荷で……」

二島が三人を見かけたところから、詳細に語った。

「わかった」

小半刻かけての説明を聞いた耕斎が、納得した。

「二手《ふたて》に分かれたのがまちがいだったな」

耕斎が原因を述べた。

「四人で一人を同時に襲えば、少なくとも旗本だけは始末できたはずだ」

「…………」

口を挟《はさ》めば、郷忍四人の非難につながりかねない、二島は沈黙していた。

「小太刀と太刀、体術遣いか。それだけわかっただけでも大きい」

「では、また人を……」

第二陣を出してくれるのかと、二島が問うた。

「引き取ってもらおうか」

返答は退出の命令であった。

「なぜ……」

「もう江戸はかかわりない。ここからは、郷の問題である。郷の者を殺されて、黙ってはおれぬ。かならず復讐《ふくしゅう》を遂げなければならぬ。これは伊賀のもっとも重い掟である」

耕斎が強い口調で言った。

「……掟」

二島が反芻《はんすう》した。

「そなたも伊賀者と名乗るならば、掟は知っておろう」

「殺された者の仇《かたき》はとる」

「そうだ。いつどこで死んでも、かならず仲間が、仇を討ってくれる。遺された者は郷で面倒を見るとの約定《やくじょう》と合わせ、絶対の掟。そう信じていればこそ、伊賀者はどのような危険な任にでも出て行ける。これが破れたとき、伊賀者は死地へ踏み込めなくなる。後顧《こうこ》の憂いを持つ忍は、何の役にも立たぬ。役に立たぬ忍が生まれれば、伊賀は死ぬ」

「……………」

強い口調で言う耕斎に、二島は押された。

「江戸はどうしているのか知らぬ。だが、郷では掟は絶対である。我らは、郷をあげて、水城聡四郎とその従者を殺す」

殺意を露《あら》わに耕斎が宣《せん》した。

「お館、それならば、我らの目的と同じではないか」

「いいや、違う。これは仕事ではない」

耕斎が首を振った。

「金をもらって引き受ければ、それは復讐ではなく、任となる。任となれば、依頼主である御広敷伊賀者組頭の指示に従わなければならぬ。それは足枷《あしかせ》になる。必殺の機を得たところで、そちらが待てといえば、動けぬのだ。それでは、掟が果たせぬことになりかねぬ。我らは、独自の機会を窺《うかが》って、敵を仕留める。江戸とのかかわりは、ここまでじゃ」

冷たい目で耕斎が二島を見た。

「ま、待ってくれ」

二島があわてた。

「もし、我らとかち合ったならば……」

「仇は我らの手で取らねばならぬ。そちらが先を越そうとするならば、この耕斎を敵に回すことになる」

「ば、馬鹿な。我らは同じ伊賀者ぞ。どちらが仕留めてもよいはずだ」

言われた二島が焦った。

「追い出せ」

耕斎が手を振った。

「…………」

音もなく二島の背中に二人の郷忍が立った。

「……わ、わかった。だが、このことは江戸へ報させてもらう」

「かまわぬ。そのおり、郷の覚悟も伝えておけ」

二島の言葉に、耕斎がうるさそうに応えた。

「触るな」

肩を摑もうとした郷忍を制して、二島は耕斎の屋敷を出た。

「同じ敵を狙う者同士ならば、味方であろうが。まったく、頑迷《がんめい》な。これだから伊賀に取り残され、明日の米を心配せねばならなくなるのだ。しかし、この状況を報さねば、まずいことになりかねぬ。水城の見張りを放棄するは痛いが、やむを得ぬ」

不満そうに吐き捨てて、二島は江戸へ向かって走った。

宿へ戻る前に、聡四郎は刀剣商を訪れた。

「おいでなさいませ」

「この刀の反りが狂ってしまった。なおせるか」

鞘ごと抜いて、聡四郎は刀剣商に太刀を渡した。

「拝見を……これは」

刀剣商がすぐに血脂《ちあぶら》に気づいた。

血の脂はしつこい。紙や鹿皮で拭《ぬぐ》ったていどでは、完全に取り除くことはできなかった。

「賊に襲われてな、対応したのだ」

聡四郎は述べた。

「お届けは……」

「逃げおったので、そのまま捨て置いた。吾は幕府御広敷用人である。御用中《ごようちゅう》ゆえ、手間をかけられぬ」

公用中だと聡四郎は告げ、刀剣商の口を封じた。

「それはご無礼を」

刀剣商が頭を下げた。

「よろしければ、お使いくださいませ」

お湯に浸した手ぬぐいを刀剣商が用意してくれた。

「すまぬな」

聡四郎と玄馬は、手ぬぐいで返り血をぬぐった。

「……鐔元《つばもと》で曲がっておるようでございまする。これならば、三日ほどいただければ、もとに戻せましょう」

その間に太刀を見た刀剣商が言った。

刀は粘りのある鉄を芯に、堅い鉄を巻き付けて作る。これで鋭い切れ味と、折れにくい刀身という、相反する性質を産み出すのだ。それだけに曲がるとはよほどみような力が加わった証拠であった。曲がったならば、戻せばいいなどと、逆の方向に圧をかけるようなまねをすれば、たいへんなことになる。

その場で折れるならまだいい。

見た目はもとに戻ったが、そのじつ、目に見えないひびやゆがみが、刀身に残った場合が怖かった。それこそ、真剣勝負の最中に折れかねないのだ。

命がけの戦いで、得物《えもの》を失えば、そこに待つのは、敗北、すなわち死である。

「三日か……」

聡四郎はうなった。

明後日には四条家を訪れ、それで用がすめば、聡四郎は、その足で江戸へ戻るつもりであった。

「お急ぎで」

「うむ。江戸へ戻らねばならぬ」

聡四郎はうなずいた。

「ですが、このままでは、鞘が割れましょう」

「うむ」

鞘は刀身に合わせて作ってある。割れたからといって、適当な鞘をもって来ても使えないのだ。それこそ、江戸の屋敷に着くまで抜き身を抱えて移動しなければな

らなくなる

「鞘に和紙を貼り付けましょうか。それならば、江戸までは保《も》ちましょう」

丈夫な美濃《みの》和紙などを鞘に糊《のり》で貼り付け、割れるのを防いではどうかと刀剣商が提案した。

美濃和紙は重ねればかなり強い。

「ううむ。だが、抜きにくい」

刀身が鞘の内側に当たっているのだ。切っ先が鞘内に引っかかり、抜く邪魔をする。そのわずかなことが、太刀の疾さを殺した。

「いまどきのお武家さまは、太刀の抜き具合などをお気になさいませんが」

「道中だ。どのようなことがあるかわからぬ。現に、洛中《らくちゅう》ではないとはいえ、この京でも賊が出たのだ」

聡四郎は太刀の要る理由をつけた。

「旦那」

不意に伊之介が口を挟んだ。

「その太刀を引き取ってもらい、新しい太刀を買われるというのはいかがで」

「……ふうむ」

腕を組んで聡四郎は考えた。

誰からもらったというものでもないが、長く遣ってきた太刀である。愛着があった。

「柄などの握りが変わるのがの」

聡四郎は二の足を踏んだ。

太刀は剣術遣いにとって身体の一部であった。絶えず腰につけ、いつも手にすることで、その重さ、柄の具合を吾がものとしていくのだ。どのような銘刀を代わりに手に入れても、なじむまでは、遣いにくいのだ。

「茎《なかご》を拝見いたしてもよろしゅうございましょうか」

刀剣商が問うた。

「かまわぬ」

「ごめんを」

許しを得て、刀剣商が目釘《めくぎ》をはずし、柄と刀身を離した。

「無銘でございますが、なかなかの業物《わざもの》でございますな」

見終わった刀剣商が褒めた。

「いかがでございましょう、二十両で引き取らせていただきまするが」

「その前に、三十両までで買える太刀を出してもらおう」

伊之介が聡四郎より先に言った。

「……はい。しばしお待ちを」

刀剣商が一度奥へ入り、三本の太刀を抱えて戻ってきた。

「こちらでございまする」

柄を前にして、刀剣商が差し出した。

「拝見する」

剣術を学ぶ者にとって、太刀を見るのは修行の一つであるとともに大きな楽しみであった。

「…………」

懐紙を口にくわえた聡四郎が、一本目の太刀を抜いた。それを鞘に戻し、次を抜く。それを繰り返し、三本の太刀をあらためた。

「いかがでございましょう」

「いかぬ」

三本ともを聡四郎は刀剣商のほうへ、押しやった。

「細身すぎる」

聡四郎は首を振った。

泰平が続けば、太刀を抜くことなどなくなる。遣わなければ、腰に差していても重いだけなのだ。昨今の武家は細くすりあげ、軽くした太刀を帯びるのが常態と化していた。

「やはりお好みではございませぬか」

刀剣商が言った。

「しかたない。鞘に美濃和紙を貼ってくれ。あと、研ぎ師に切っ先を少し擦りあげてもらってくれ。鞘に引っかからぬ程度でいい」

「少し短くなりまするが、よろしゅうございますか」

「それしか手はない。いつできる」

「研ぎ師へ心付けをはずんでいただければ、一刻半（約三時間）ほどで」

問われた刀剣商がはっきりと要求した。

「今やっている仕事を後にまわすのでございますれば」

「わかった」

聡四郎は首肯した。

「できあがったなら、四条にある鴨屋《かもや》兵衛《ひょうえ》まで届けてくれ」

「承知いたしました」

うなずく刀剣商に太刀を預けて、聡四郎たちは宿へ戻った。

「どちらへお出《い》でで」

「伏見まで足を延ばしたよ」

足をすすぎながら、伊之介が相手をした。

「お稲荷さんへお参りでおしたか」

「ああ。見事だねえ」

「そりゃあ、この国すべてのお稲荷さんの総社でございますから」

自慢げに宿の主が述べた。

「なにかお気に召したものとかは、おましたか」

「いやあ、お参りだけで終わったな」

伊之介が首を振った。

「名物の土鈴《どれい》はあきまへなんだか」

「子供でもいたら、土産《みやげ》にするがな。あれでは、江戸で待ってる女はよろこばないからな」

手を振りながら、伊之介が笑った。

「江戸の女《おなご》はんは、どんなんをお好みに」

「やっぱり、櫛《くし》か笄《こうがい》、おしろいなんかもいいか」

「小間物《こまもの》で。なら、ええ店がおます。鴨屋の紹介やと言うてもろうたら、悪いようにはしまへんよってに」

主が身を乗り出した。

「帰る日でいいよ。今買っても荷物だからな」

伊之介が断った。

「へえ。明日はどうしはります」

渋々、主が退いた。

「天候次第だなあ。遠出して雨にでも降られたら、たまらないからねえ」

問う主へ、伊之介が決まっていないと答えた。

「主」

まだ聞き出したそうな主へ、聡四郎は声をかけた。

「後ほど、刀剣商が太刀を届けに来る。来たら受け取って部屋まで頼む」

「へい」

「茶をな」

引き受けた主へ、茶の用意を命じて、聡四郎は二階への階段をのぼった。

部屋に入った聡四郎は、主が茶の用意をして出て行くのを待ち、今後の話を始めた。

「明日どうするかだ」

「伊賀者はどう出ましょうか」

大宮玄馬が気にした。

「四人減らした。あらたに江戸から人を呼ぶにしても、しばらくは手出ししてくるまい。といったところで、油断はできぬがな」

聡四郎は首を振った。

「では、どこか参りまするか」

伊之介が訊いた。

「いや、四条家次第では、そのまま江戸へ戻る。伊賀者がここまでついてきたのだ。夜旅をかけるのは避けねばならぬ」

闇《やみ》は忍の味方となる。

「なんとしても大津《おおつ》の宿までは行かねばなるまい。それを考えて、明日は一日、宿で身体を休めることにしよう」

「承知いたしましてございまする」

「へい」

玄馬と伊之介がうなずいた。

三

和泉国《いずみのくに》と紀州の間には、紀ノ川《きのかわ》という大河が横たわっていた。川幅は広く、流れも急であり、多くの水害をもたらした。

紀州徳川家初代頼宣《よりのぶ》以来、延々と続けてきた治水も吉宗の代に終わり、多少の雨でもあふれるようなことはなくなったが、それでも橋は架《か》けられていなかった。

「渡し船を使うのか」

岸和田《きしわだ》の宿を出た御広敷伊賀者の次期当主たち一行は、泉佐野《いずみさの》を経て大和《やまと》街道に入り、船戸《ふなと》の渡しまで来ていた。ここに大和街道唯一の渡し船があった。

紀ノ川は、吉宗によって作られた堤防で囲まれていた。堤防には、その補強として柳の木が等間隔で植えられていた。

旅人に扮《ふん》した伊賀者たちは、柳の陰を利用して、さりげなく身をかばっていた。

「使うしかあるまい」

問われた外堂《げどう》が答えた。

「しかし、渡しまでの間は、身を隠すところがないぞ」

西田《にしだ》が危惧《きぐ》した。

忍にとって、なにもさえぎるもののない河原は鬼門《きもん》であった。

「鉄砲で撃たれれば、終わりだ」

すでにここは紀州藩領なのだ。鉄砲を撃とうが、数百の兵を繰り出そうが、気兼ねは要らない。

「見える範囲に鉄砲の姿はないが」

背の高い僧侶《そうりょ》姿の伊賀者が、首を伸ばした。

「火縄《ひなわ》の匂いもせぬぞ」

商人に化した伊賀者も続けた。

「たしかに、風は川からこちらへ吹いて来ている。火縄の匂いがないならば、鉄砲の用意はないか」

外堂が周囲を確認した。

「紀州は根来の地ぞ」

「うむ。わかっておる」

もう一度注意を促す西田に、外堂はうなずいた。

かつて根来の僧兵《そうへい》たちは、雑賀衆《さいがしゅう》とともに、鉄砲の名手として、戦国で名を響かせていた。

「紀州藩には玉込《たまこ》めという役目まであるという」

さらに西田が言った。

「それだけ鉄砲に長《た》けているか」

しばし、外堂が思案した。

「様子を見よう」

外堂が提案した。

大和街道の旅人は少ない。数がそろわないためか、なかなか渡し船も出なかった。

「我らのことに気づいているはずだな」

「おそらく」

京から丹生《にう》へ向かった別動隊の伊賀者が、合流してこないのだ。三人の仲間がどうなったかは、口に出さずとも決まっていた。

忍の連絡が途絶えるのは、死したときのみである。

「ならば、罠《わな》を張られていると考えねばならぬ」

「では、どうする」

西田が問うた。

「もう少し上流で、渡れそうなところを探すか」

「それこそ、待ち伏せされているぞ。地の利は向こうが握っている」

小さく外堂が首を振った。

根来忍にとって、紀ノ川はまさに地元であった。川の流れどころか、川底の石の数まで知っているといっていい。

「なにより、渡しを使わない段階で、怪しいと宣言しているようなものだ」

渡し賃のない旅人や、払いたくない者が浅瀬を渡ることはままある。しかし、藩によっては、無断での渡河を認めていない場合が多い。

もし紀州藩がそうであったならば、浅瀬を渡った途端、咎人《とがにん》として始末できる。

「相手に名分を与えてやる理由はない」

浅瀬の利用を、外堂は却下した。

「では、どうする。渡し船一艘《そう》に皆で乗るなど、一網打尽ぞ」

厳しい顔で西田が懸念を口にした。

「二手に分かれる」

外堂が述べた。

「吾と須川《すがわ》、西田と田中《たなか》で行く。残り二人は井川《いかわ》に任せる。念のため、上流で渡れ」

組分けを外堂が告げた。

「それしかなかろうが、よいのか。どう見ても渡しは一度出ると、半日は動きそうにないぞ。さすがに半日、向こう岸で待つのは目立つ」

西田が問うた。

「金を摑《つか》ませるさ」

外堂が言った。

「渡し船の船頭も十分な金さえもらえれば、船を動かすのに文句は言うまい」

「わかった。で、どちらが先に渡る」

「我らが行こう。船頭の様子も見たい。問題がなければ、渡ってから、一度振り返る。異常だと感じれば、そのまま堤をこえる。その場合は、西田、おまえが頭を務め、江戸まで報せに戻れ」

一行を束ねている外堂が手はずを整えた。

「承知した」

案に西田が首肯した。

「では、お互いに無事でな」

井川が別れていった。

外堂は藩士姿、須川は僧体《そうてい》である。二人は、少しの間を空けて渡し船へ近づいた。

「船頭、船はもう出るのか」

「まだ人が少のうございますので。しばらくお待ちいただきやす」

桟橋に座ったままで船頭が答えた。

「五人分払おう。すぐに船を出してくれ。明日には田辺《たなべ》に入っていなければならぬ」

紀州藩付け家老《かろう》安藤《あんどう》家の家臣を外堂は装った。

「へい。五人分いただけるなら」

「出すぞおお」

船頭が立ちあがった。

よく通る声で船頭が、船の出発を報せた。

「ま、待ってくだされよ。拙僧も乗せていただきたい」

川岸を小走りに須川が駆けてきた。

「急いでくだされよお」

船頭が船の端を押さえて、客の乗りこみを助けた。

「どうぞ、前へ」

すでに渡しに乗っていた旅人が、武家である外堂に場所を譲った。

「すまぬな」

外堂が舳先《へさき》へ移った。

「お坊さまも」

「いやいや、拙僧はもっとも後に乗りましたのでな。お気遣いなく。お志《こころざし》はありがたくいただきまする」

須川が合掌して礼を述べ、船頭のすぐ前に腰を下ろした。

船頭の持つ竿《さお》で船が川を渡り始めた。川幅も広く、流れもある紀ノ川だが、なれている船頭の竿運びは巧みで、さほどの間もなく対岸へ着いた。

「ご苦労であった」

すばやく外堂が船を下りた。

「ありがとうございますよ」

続けて須川も川岸に立った。

二人は五間（約九メートル）ほど離れて進んだ。

「いかぬな」

外堂が草鞋《わらじ》の紐《ひも》を締め直すために、屈《かが》んだ。

「お先にごめんを」

相乗りしていた旅人たちが、一礼して抜いていった。

「ごめんなされよ」

須川が外堂に追いついた。

「どう見た」

「不審なし」

短く応答して、須川が離れていった。

「よし」

足下《あしもと》を確かめた外堂が、振り向いて川を見た。

「振り向いたぞ」

田中が外堂の動きを見ていた。

「よし。もう小半刻待つ」

西田がうなずいた。

結局、紀ノ川はすんなりと渡れた。

街道を少し進んだところで、伊賀者たちが合流した。

「どうなっている」

川がもっとも敵の始末には便利な場所であった。とくに船戸の渡しは紀ノ川の河口に近く、海は近い。殺して川に流してしまえば、そのまま死体は海へ運ばれ、魚の餌《えさ》になる。どこかの岸に流れ着いたところで、殺された場所などわからない。

「他の旅人の目を嫌ったか」

船戸の渡しを使うのは、紀州の者だけではない。和泉の者や、大和の者が、所用や商用で和歌山へ行くときにも使う。いわば、他国者の目があった。

「となれば、城下で待ち伏せか」

「もう、それしかないな」

西田が同意した。

「四人か厳しいな」

外堂が嘆息した。

「上流へ行かせた三人分、減ったのが痛い」

「仕方あるまい。要り用なことだったのだ」

苦い顔をする外堂を須川がなぐさめた。

「見届けはいると思うか」

「あの組頭だ。そのあたりはぬかるまい」

外堂の質問に西田がうなずいた。

「そいつも手に加えられぬか」

「無理だ。見届けは、いっさい任にかかわらぬのが定め。なにより、だれが見届けか、我らにもわからぬ」

西田が首を振った。

見届け役は、どのような状況になろうとも、味方が全滅しそうになっても、いっさい手を貸さない決まりであった。

「やむを得ぬ。須川、死んでくれ」

「おう」

顔色も変えずに外堂が求め、須川が同意した。

「殿《しんがり》を吾とともにな」

外堂が頼んだ。

「西田、最初に逃げよ」

「……うむ」

少し逡巡《しゅんじゅん》して西田が首を縦に振った。

「田中、西田の盾になれ」

「任されよ」

田中が胸を叩いた。

「今夜半、和歌山に入る。そのまま城へ忍びこむぞ」

「承知」

三人がうなずいた。

四

和歌山の城は、虎伏山《とらふすやま》を利用した平山城である。山頂をまるまる取りこんだ本丸は、四隅に天主《てんしゅ》並みの櫓《やぐら》をもうけ、それを繋いだ特異なものであった。

「大手門をこえるしかなさそうだが……」

和歌山城の石垣は高い。大手門の両脇まで石垣がせまっていた。また、堀は深く、幅も広い。まさに御三家の城としてふさわしい要害であった。

「大手門左の石垣を登り、土盛《つちもり》をあがっていくのが、よいだろう」

外堂が指示した。

「ひとまとめで行くぞ。吾の合図があれば、ためらわず、逃げ出せ」

四人の伊賀者が、まず堀を渡った。

伊賀の忍だからといって、水の上を走れるわけではない。静かに水に入り、音と波紋に注意しながら、ゆっくりと泳ぐ。

問題は水からあがってからであった。

濡《ぬ》れた忍装束《しょうぞく》は、身にまとわりつくだけでなく、重くなる。さらに水を垂らし、痕跡を残す。かといって、忍装束を脱ぎ、頭の上に載せて泳ぐのは論外であった。白い肌は、夜の堀で目立ちすぎた。また、守るもののない素裸は、いきなり致命傷を受けやすくなる。薄い忍装束一枚でも、手裏剣のとおりや刃の食いこみが変わるのだ。生きのびるためには腕の一本を差し出すことも平気な忍にとって、初撃で生き残れるかどうかの差は大きかった。

堀を渡りきった伊賀者たちは、互いの忍装束の水を絞りあった。

「このまま本丸を目指す。天守閣から下がりながら調べる」

外堂の指示で、伊賀者たちは、土盛に植わっている木々を伝いながら、本丸を目指した。

「待ちくたびれたわ」

本丸の塀の上で、根来忍が嘆息した。

「来ただけましじゃ。途中で尻尾《しっぽ》を巻いて逃げ帰られでもしたら待ちぼうけを食らったところよ」

隣に潜んでいた根来忍が笑った。

「義《よし》よ、少し減らしすぎではないか。四人しかおらぬぞ。これでは手応えがなさ過ぎる」

根来忍が嘆息した。

「よな」

義が同意した。

「先ほどまで五人だったがな」

別の声が加わった。根来忍の数が四人に増えていた。

「三丁（約三百三十メートル）ほど離れて、潜んでいるのがおったゆえ、片付けてきた」

「どうだった」

「多少は遣えたぞ。少し装束を切られたわ」

「ほう」

根来忍が感心した。

「ならば、あやつらも楽しませてくれるだろう。行くぞ。市《いち》。おまえたちは、すでに一人やったのだ。こっちへ手出しはするな」

塀の上から、義が飛び降りた。

「油断するな」

追うように市も続いた。


「来るぞ」

先頭の須川が、かすかな気配を感じ取った。

「散るな」

外堂が言った。

ここは敵の本拠である。根来忍の数も多い。散れば、それこそ各個に撃破され、あっという間に全滅する。

「…………」

外堂が盾にしている木に、小さな手裏剣が突き刺さった。

「そこか」

手裏剣の来た方向へ、外堂も撃ち返した。

伊賀の手裏剣は鉄の芯の先を尖らせた簡素なものだ。作るに手間がかからず、当たれば内臓を破り、骨を砕く。その威力の代わりに、一本が重く、そうたくさんの数を用意するのは難しかった。

「ふっ」

須川も手裏剣を放った。

「はずされたか」

手応えのなさで、外堂は手裏剣が無駄になったことを知った。

「いたぞ。銃眼《じゅうがん》の下」

西田が根来忍を見つけた。

「須川、あやつを倒せ。他は周囲を警戒」

すばやく外堂が指示を出した。

「任せろ」

低い姿勢で須川が飛び出した。

「しゃ、しゃ」

右手で手裏剣を投げて牽制《けんせい》しつつ、須川が左に持った忍刀で斬りかかった。

「ふっ」

義が小さく息を漏らして、一撃を手で受けた。

「鎖手甲《くさりてっこう》か」

忍刀を止められた須川が、急いで間合いを空けようとした。

「させぬわ」

糸で繋がっているかのように、義が追った。

「かかったな」

田中が襲いかかった。

「……ちっ」

義が、転がって避けた。

「逃がすか」

一転して、須川が迫った。

「ちいい」

立つときがもっとも隙だらけになる。義は反撃もできず、逃げるだけであった。

「手を貸すぞ」

市が、加勢した。

「行けっ」

外堂が、西田を促した。

「任せろ」

西田が忍刀を抜いた。

「ふん」

市が受けた。

刃と刃がぶつかり、光が飛んだ。

「……ぬん」

身体の重みを載せて、西田が太刀を前へ押し出した。

「おうっ」

「くおっ」

一瞬腰を浮かされた市が、よろけた。

「はあ……見てられぬの」

見物していた根来忍が加わった。

「うおっ」

上から落ちてきた根来忍を田中が咄嗟にかわした。

「手出しをするなと言ったはずだ」

市が文句を付けた。

「ときをかけすぎだ。番士《ばんし》たちに気づかれたらどうする」

根来忍が言い返した。

「つっ」

たしなめられた市が、詰まった。

「さっさと片付けろ。たった四人ではないか。先ほどのと合わせても五人。そのていどの伊賀者に手こずったとなれば、我らの値打ちが下がる」

「わかった」

市が承諾した。

「五人……」

根来忍の会話に外堂が戸惑った。

「……見届けが、やられたか」

外堂が理解した。

「まずい。江戸へ報せる者をどうしても生かさねばならぬ」

苦い声で外堂が呟いた。

「西田、下がれ。須川、代われ」

外堂が指示した。

「承知」

新たな根来忍と斬り結んでいた須川が、西田へと走った。

「行かせぬ」

追撃とうとした根来忍に外堂が襲いかかった。

「こいつめ」

邪魔された根来忍が、舌打ちをした。

「…………」

西田と対峙《たいじ》していた市の脇から須川が斬りかかった。

「ふん」

市が須川の刀を打ち払った。

「やっ」

切っ先が動いたことでできた隙間を西田が突いた。

「うおっ」

あわてて忍刀を引き戻そうとした市へ、さらに須川が迫った。

「おわっっ」

半間（約九十センチメートル）まで近づかれて焦った市が、間合いを空けようとした。二人への対応を同時にしようとして中途半端な状態になった市の腹へ、西田が忍刀を突き刺した。

「死ね」

「あくっ」

腹を刺されても即死はしない。痛みに耐えながら、市が刀を振った。

「任せた」

西田は柄から手を離して、後ろへ跳んだ。

「頼むぞ」

背中を見せて走りだした西田へ、声をかけて須川が市と対峙した。

「追え」

義の叫びに根来忍の一人が従った。

「行かせるか」

回りこもうとした須川の背中に根来忍が、刃をたたきつけた。

「ぐっ」

背中を割られて、須川がうめいた。

「おのれ」

須川が市へ迫った。

「くそっ」

腹に刺さったままの忍刀が、市の動きを鈍らせた。

「よせ。死ぬぞ」

指示していた根来忍の忠告を無視して、市が刺さっていた忍刀の柄に手をかけた。

「ううううう」

呻きながら忍刀を市が抜いた。

「か、返すぞ」

市が西田の忍刀を須川に投げた。

「わっ」

至近距離からの投擲《とうてき》に、かわした須川の体勢が崩れた。

「共に地獄へいこうぞ」

抱きつくように市が須川の身体に飛びついた。

「離せ……」

手にした忍刀で切ろうとしても、近すぎた。忍刀の刃は、市の肩や背中にかすかな傷を付けるていどでしかなかった。

「頼む。楽にしてくれ。血を流しすぎた。もう力が入らぬ」

市が仲間へ願った。

「見事なり」

指示していた根来忍が、須川の背後に立った。

「く、くそ」

須川が暴れた。

「あきらめの悪さは、買ってやる」

根来忍が須川を褒めながら、首筋へ刃を滑らせた。

「あふっ」

急所を断たれた須川の首から、紅《あか》い血が噴きあがった。

「…………」

「……眠い」

即死した須川を抱きしめたまま、市が死んだ。

「終わらせるぞ」

仲間の死が、根来忍の雰囲気を一層厳しいものにした。

「田中、背中を」

「おう」

生き残った二人の伊賀者が背中を合わせた。

「すまぬが死んでくれ」

外堂が田中へささやきかけた。

「もとより、死は厭《いと》わぬが……」

田中が怪訝な顔をした。

「こやつらのことを伝えぬと、伊勢から回った連中が危ない」

尾鷲、熊野を通る伊勢組は、まだ和歌山へ来ていないはずであった。

「わかった」

「すまぬ。生きて帰れば、きっと報いる」

申しわけなさそうに外堂が詫びた。

「ならば、末の妹をもらってくれ」

二人とも伊賀忍の跡取りである。いずれは組内で嫁を取り、当主となって、子を残す。ずっと伊賀組が繰り返してきた歴史は、二人のうえにも重なるはずであった。

ただ、次男以降、長女以外は厳しかった。伊賀者は伊賀者としか婚姻を結ばない。となれば、婿にいけぬ男、嫁になれぬ女が出てくる。それらは、実家の片隅で厄介《やっかい》者《もの》として生きていくしかなくなる。たかが三十俵三人扶持の伊賀者である。厄介者に費やすだけの余裕はない。厄介者となるしかなかった者の末路は悲惨であった。

「器量はあまりよいとはいえぬが、貧乏暮らしにはなれておる」

「……わかった。吾が家を継いだなら、きっと」

外堂が田中の願いを受けた。

「家は弟が継ぐ、姉はすでに嫁入った。これで、思い残すことはない」

満足そうに田中が笑った。

「このまま堀まで走る。そこで吾が殿《しんがり》をする。貴様は、飛びこんで逃げろ」

「………」

無言で外堂は同意を示した。

背中を合わせた二人の伊賀者を、一定の間合いで根来忍が取り囲んだ。死ぬと決めた忍にうかつな手出しはできなかった。まさに窮鼠《きゅうそ》猫《ねこ》を嚙むなのだ。自爆で巻きこむくらいのことは平気でした。

「手裏剣で仕留める」

同士討ちになりかねないので、手裏剣は混戦では遣えないが、こうなれば、なによりの武器であった。

「おう」

根来忍たちが手裏剣を構えた。

「今ぞ」

田中の合図で、二人の伊賀者が背中を合わせたまま走った。

「撃て」

手裏剣が投げられた。

「ぐっ」

背中を外堂に張り付けて、背走していた田中の身体に手裏剣が刺さった。

「行け」

田中が足を止めた。

「……」

外堂は、なにも言わず堀へと飛びこんだ。

「追え。逃がすな」

根来忍が、あわてた。

「行かさぬ」

血まみれの田中が、立ちはだかった。

「急ぎ片付けろ」

残った根来忍が、一気に田中へ襲いかかった。

「……ぐうっ」

田中は反撃しなかった。田中の任は外堂が逃げるまでのときを稼ぐことである。守りに徹し、少しでも根来忍の足止めをしなければならなかった。

「切り刻め」

忍刀が、田中に向けられた。

「つうう」

全身を切られながらも田中は倒れなかった。

「しゃっ」

ぼろぼろになった田中を放置して、根来忍の一人が脇を抜けようとした。

「…………」

声を出す力を失いながらも、田中が忍刀を投げつけた。

「ぐっ」

最後の得物を捨てるとは、誰も思わなかった。根来忍の脇腹に忍刀が突き刺さった。

「こいつ」

抵抗手段を失った田中が、残った根来忍によって膾《なます》にされた。

「……逃がしたな」

根来忍がつぶやいた。

「どうした」

そこへ、西田を追っていった根来忍が戻ってきた。

「一人逃げられたわ」

「姿を見なかったぞ」

「逆へ行ったようだ。報せのあった伊勢から入ってくる伊賀者へ我らのことを報せに行ったのだろうよ」

頭分の根来忍が、述べた。

「よいのか」

「かまうまい。何一つ持ち出してはいないのだ。それより、そちらは」

「背中を斬った」

「死なせてはいまいな」

「ああ。少なくとも江戸までは生きていよう」

確認に追っていった根来忍が告げた。

「よいのか」

義が口を挟んだ。

「上様のことを探りに来たのであろう。仕留めず逃がして問題ないのか」

「ない。いや、全滅させてはならぬのだ」

疑問を呈する義へ頭分の根来忍が首を振った。

「どういう意味だ」

「そうせいと、殿より命じられているのだ。生かして帰すことで、上様にはなにかあると、伊賀者の雇い主に報せる。さすれば、どうなる」

「上様の弱みを探しているのだ。当然、一層熱心になるだろうな」

義が述べた。

「うむ。そうなれば、上様も無視できまい。注意を向けざるを得なくなれば、他への気がおろそかになろう。そこを突けば……上様といえども」

「殿は、上様に成り代わろうとお考えなのか」

「らしい」

「よいのか、上様は苛烈《かれつ》なお方じゃ。ご出身の紀州といえども、遠慮はなさるまいぞ」

危惧を義が口にした。

「今の主は宗直《むねなお》さまであり、上様ではない。上様の命よりも殿の言葉に従わねばならぬ」

頭分の根来忍が続けた。

「我らは紀州藩に仕える忍だ。忍は、犬。餌をくれる主にだけ、尾を振ればいい」

「殿が、上様の命を狙えと命じられれば……」

震えながら義が確認した。

「やるだけのこと。後先を考えるのは、我らの任ではない」

淡々と頭分の根来忍が応えた。

第三章　公武の隔《へだたり》

一

四条家との約束の日が来た。

聡四郎は、買い求めた袱紗《ふくさ》に、小判を五枚包み、手土産にした。

「権中納言さまには、初めて御意《ぎょい》を得まする。水城聡四郎と申しまする。本日はお忙しいなか、お目通りをお許しくださり、御礼の言葉もございませぬ」

挨拶を終えて、聡四郎は袱紗包みを差し出した。

「田舎者にございまする。お目にかけるほどの土産も用意できませぬ。これを代わりにお納めくださいませ」

「うむ」

鷹揚《おうよう》にうなずいた四条権中納言隆安《たかやす》が、袱紗包みを扇子《せんす》の先で手元へ寄せた。器用に扇子の先で袱紗を開いた四条隆安が、なかを確認した。

「けっこうな品じゃ。おい」

四条隆安が満足そうにうなずき、手を叩いた。

「これを下げておきなさい。客人に茶を」

「へい」

出てきた家宰が、袱紗ごと金を持ち去った。

「鴨屋から、麻呂《まろ》になにか訊きたいことがあるとのことじゃが」

「はい。主家《しゅか》の名前はご勘弁のほどを願いまする。じつは、主君に側室をお勧めすることとなり、よき女《おなご》を探してくるようにと命じられ、京へやって参ったのでございまする」

聡四郎は身分を隠して、話を進めた。

「ほう。京《みやこ》の女に目を付けるとは、なかなかだの」

「ところが、わたくしも京は初めてで、どのようにしてよいのやら、まったくわかりませぬ。そこで宿の主に相談したところ、権中納言さまにおうかがいしてみてはいかがと助言してくれましたので、厚かましくも参上つかまつった次第でございまする」

「なるほどの」

扇子で口元を覆いながら、四条隆安が納得した。

「麻呂のもとへ参ったということは、町屋《まちや》の女ではなかろうな」

「はい。正しきお血筋のお方をと考えておりまする」

四条隆安の確認に聡四郎は応えた。

「では、まずなにから話そうかの」

「できますれば、お姫さま方を江戸までお連れいたすに要り用なものをお教え願いたく」

聡四郎が頼んだ。

「公家の娘をもらうに等しいのだ。巷《ちまた》でいう婚姻と同じと考えればよい。婚姻には何がいる」

「仲立ちの者と結納《ゆいのう》でございましょうか」

「そうじゃ。とある公家の娘が評判じゃといたそうか。そこへ、そなたがいきなり訪れていって、姫をいただきたいと申しても、門前払いされるのがよいところじゃ。下手《へた》をすれば、武家伝奏をつうじて京都所司代に話が回り、主君の迷惑になりかねぬ」

「それは……」

脅すような四条隆安に、聡四郎は驚いてみせた。

「そうならぬように仲介役がおる。たとえば、宿屋の主とか、茶屋の女将《おかみ》とかだ」

「なるほど」

「もちろん、麻呂のような公家を知っておれば、よりよいのだぞ」

四条隆安が胸を張った。

「おそれおおいことでございまする」

聡四郎は一礼した。

「仲介役が決まれば、そこから話を持ちこむ。もし、その姫の親の公家が、娘を捨ててよいと考えておれば、条件の折衝《せっしょう》に移る。どこかへ嫁にやる、あるいは跡取り娘などで、捨てるつもりがなければ、それまでじゃ。ああ、捨てるの意味は知っておろうな」

「存じておりまする」

確認する四条隆安へ、聡四郎は首肯した。

「条件とはどのようなものとなりましょう」

「支度金の額と、扶持じゃな」

「……支度金はわかりまするが、扶持とはなんのことでございましょう」

聡四郎は尋ねた。

「大名家からの合力よ。娘を差し出す代わりに、年五十石とか、百石とかを娘が側室である間もらう」

「さようでございましたか」

教えられて聡四郎は理解した。

「まあ、ほとんど公家の家格による。もちろん、姫の器量や、他に欲しがる大名や商人がおれば、つりあがるのは当然じゃな」

「はい」

とどのつまり、娘も商品なのだ。欲しがる者が多ければ、値段があがる。

「その二つが決まれば、話はまとまると」

「いいや」

四条隆安が首を振った。

「もっともたいせつなものが抜けておる」

「たいせつなものでございまするか」

わからないと聡四郎は首をかしげた。

「そうじゃ。よいか、公家の官位は大名と比べものにならぬほど高い」

「承知いたしておりまする」

聡四郎は首を縦に振った。

百八十石しかない四条隆安でさえ、従三位《じゅさんみ》権中納言なのだ。この官位は、御三家の水戸家に匹敵する。

老中といえども、侍従《じじゅう》、従四位でしかない。ほとんどの大名は、四条家から数段格下になる。

「格上の家から格下へ、側室を出すことなどありえまい」

「たしかに」

言われて聡四郎は気づいた。

「では、話はなりたたぬと」

「いいや」

四条隆安が小さく笑った。

「理由さえあればいいのだ」

「……理由」

「そうじゃ。娘を江戸へ下らせるだけの理由。いや、名分というべきかの」

家宰の用意した茶を四条隆安がすすった。

「のう、水城。公家は、実を失い名に生きている。その公家が、娘を金のために、生活のために大名へ売ったなどと言われてみよ。恥ずかしくて御所に参内できぬ」

「…………」

同意するわけにもいかず、聡四郎は沈黙した。

「では、どのようにいたすのでございましょう」

「礼儀作法を大名家の家中へ教えるために下るとするのだ」

「師範としてでございますか」

妙手《みょうしゅ》だと聡四郎は納得した。

「うむ」

四条隆安が扇子を開いた。

「この扇子の開き方にも作法がある。さらに男と女では違う」

「そのようなことまで」

聡四郎は息を呑んだ。扇子など開いて扇《あお》ぐだけとしか思っていなかった。

「のう、水城」

少し声を潜めて、四条隆安が話し始めた。

「権というものは、力で奪うものだ」

「…………」

「それは同時に、別の者に力で奪いとられるものだということだ」

四条隆安が続けた。

「では、どうすれば奪われずにすむか」

「わかりませぬ」

問われた聡四郎は首を振った。

「簡単なことじゃ。己を神にしてしまえばいい。誰も神には逆らえまい。では、どうやって己を神にするか。力に変わる権威を作ればいい。己の立場を強化するだけの」

「力の代わりになるもの……」

聡四郎は思いつかなかった。

「礼じゃ。礼儀こそあらたなる権威なのだ。主君の前での作法、格上の者への応対法、格下の扱い。これらを細かく決め、失敗は厳しく罰する。こうして礼を用いて、権威づけをしていくのだ。礼の頂点は神の祀《まつ》りだからの」

苦笑しながら四条隆安が述べた。

「神のほとんどが祟り神《たたがみ》だ」

「はい」

それは聡四郎も知っていた。

なにせ江戸には、平将門《たいらのまさかど》を祀った神田明神《かんだみょうじん》がある。関東を手にし、天皇に対する新皇と名乗った平将門は、討伐軍によって討たれ、首を京で晒《さら》された。その首が一夜で関東へ舞い戻った。その怪異《かいい》を鎮めるために、将門は神として祀られた。死してなお、それだけの力を発した平将門を神としたのは、崇《あが》めることで、暴れないよう宥めているのだ。

「祟られぬためには、ていねいに扱わねばならぬ。怒りを買わぬよう、試行錯誤して受け継がれてきた作法。そこから生まれたのが礼だ。礼を尽くす。それは、相手を己より上の者として認めることよ」

「仰《おお》せのとおりでございまする」

聡四郎も納得した。

「徳川もそうであろう。家康どのを神にしたは、そのためだ。しかし、徳川は武家だ。それも鎌倉以来の名家というわけではない。当然、礼法にかんする知識も経験もない。そこで、我らの登場となる。我らは力を失って久しいが、礼法についてはくわしい。それを利用するのだ。公家の娘が、大名家の奥へ礼儀作法を教えに下る。こうすれば、公家の面目《めんぼく》も保てる。そこで藩主と顔を合わせ、男と女の仲になったとしても、それは別の話だからな」

下卑《げび》た笑いを四条隆安が浮かべた。

「金と名分を用意する」

「そうじゃ」

四条隆安の話は終わった。

「で、あらためて訊くが、目星《めぼし》を付けている相手がおるのかの」

窺うような様子で四条隆安が探ってきた。

聡四郎はすぐに覚った。四条隆安は仲介をとりたがっていた。先ほどの話で、仲介役については、ちょっと触れただけであった。しかし、ただで動くはずはないと聡四郎は理解していた。

「まだ確定したわけではございませぬが、清閑寺さまによいお姫さまがおられるという噂を聞いておりまする」

噂だと強調して、聡四郎は清閑寺の名前を出した。

「清閑寺どのにか……」

しばらく四条隆安が考えこんだ。

「歳ごろのよい姫はおらぬぞ」

四条家と清閑寺家は家格も近い。堂上《とうしょう》での席次《せきじ》もあまり差がない。屋敷は離れているが、相応の付き合いがあっても不思議ではなかった。

「清閑寺どのが娘といえば、一人江戸におるだけであったはずじゃ」

「江戸でございまするか」

聡四郎は先を促した。

「ああ。たしか、将軍の娘分として、大奥で礼儀を教えている」

「礼儀を」

先ほどの話と照らし合わせて、聡四郎は一つの結論に達しかけていた。

「五代将軍綱吉どののおりであった。大奥へ礼儀作法を教授するために下ったと覚えておる」

「大奥に礼法を、でございまするか」

「綱吉どのは、分家から本家へ移られたよな」

「はい」

確認に聡四郎はうなずいた。

三代将軍家光、四代将軍家綱と嫡子《ちゃくし》相続を続けた徳川宗家《そうけ》は、家綱の逝去によって断絶《だんぜつ》の危機に瀕《ひん》した。家綱には子供がいなかった。そこで、幕府は家綱の弟であった綱吉を五代将軍として迎えることにした。

「綱吉どのは、館林藩《たてばやし》を興《おこ》しておられた。そこから将軍となられたわけだ。当然、館林時代の女たちを連れてきて大奥へ入れた。館林などという東《あずま》の田舎では、礼儀作法につうじておる者などおるはずもない。そこで、清閑寺どのの姫に白羽の矢が立った」

「さようでございましたか」

聡四郎は理解した。

「他にはおらぬのか」

四条隆安が他の姫に興味はないかと尋ねた。

「一度家老に問い合わせてみなければ、なりませぬ。もし、どなたかよいお方がおられましたら、そのおりの仲介をお願いいたしたく存じまする。本日は貴重なお話をいただき、感謝いたしております」

訊くことは訊いた。聡四郎は別れの挨拶をした。

「うむ。麻呂に任せれば、悪いようにはせぬでな。遠慮なく申してくるがいい」

にこやかに四条隆安が応じた。

相手は堂上人である。家臣の大宮玄馬はもとより、伊之介は同席できなかった。

二人は四条家の客待ちにいた。

「待たせたな」

四条家の玄関を出た聡四郎は二人に手をあげた。

「用はすんだ。江戸へ戻る」

「へい。用意はできておりまする」

すでに伊之介は宿屋を引き払っていた。

「今からなら、草津《くさつ》までいけるか」

大津よりも江戸に近い草津を目標にした。

「この刻限ならば、ぎりぎりになりましょう」

天を仰いだ伊之介が述べた。すでに日は中天《ちゅうてん》に近い。

「急ぐぞ」

「はっ」

「承知いたしやした」

聡四郎の言葉に、玄馬と伊之介がしたがった。

足を速めて京を後にした聡四郎たちをいくつもの目が見ていた。

「あいつか」

「だな」

郷の忍たちが、伊賀の掟にのっとって、聡四郎たちへ復讐しようと出てきていた。

「見ろ、矢太郎《やたろう》。腰がぶれぬ。そうとうな修練《しゅうれん》を積んでおるぞ」

旅の商人に扮した郷の忍が、後をつけながら同僚へ囁いた。

「うむ。主もかなり遣うが、従者の足の運びは、一流だな」

やはり商人の姿になった同僚も同意した。

「仲間が四人でやれなかったのも無理はないか」

「油断していたのだろう。でなければ、忍が武家に負けるはずなどない」

忍が胸を張った。

武士は戦場で手柄《てがら》を立てて出世する。そのためには、誰がどのようにして、手柄を立てたかを明確にしなければならない。他人目につかなければ、手柄として認められないのだ。当然、戦場でも目立つようにする。そのための兜《かぶと》の前立《まえだ》てであり、旗指物《はたさしもの》である。もちろん、目立つだけに、卑怯《ひきょう》な手段を取ることはできなかった。

たとえば、戦場に落とし穴を掘り、そこへ敵将を誘い出して罠にはめ、上から弓矢鉄砲で仕留めても、それは手柄とは見なされず、一騎打ちをするだけの腕も肚《はら》もない奴として、逆に咎められた。

対して忍の手柄は、命じられた任を確実にこなすことであった。城に火をつける、敵将を襲う。どれも成功しなければ意味がない。また、見つかってしまえば、騒ぎになるだけでなく、任を果たすことはできなくなる。つまり、忍は他人目につくことなく、ひそかに動かなければならない。顔も名前も知られないのが条件なのだ。どのような手立てであっても、見つからなければいいのである。となれば、どのように卑怯な手でも取れる。

手法の決まっている武家と、どのようなことでもできる忍、戦えばどちらが勝つかなど、あらためて論じる意味はなかった。

「それに今回は、儂《わし》とおぬしの他に、他助《たすけ》、佐太《さた》、悟市《ごいち》、喜助《きすけ》の六人がかりだ。かならず仕留められる」

最初に口を開いた郷の忍が言った。

「残るは、場所だけか」

「よな」

「近江を出るまでは無理だな」

矢太郎が告げた。

「甲賀の地で伊賀が旗本を仕留めては、面目丸つぶれだからな。甲賀が怒り狂うだろう」

鼻先で商人姿の郷忍が笑った。

「今、甲賀と争うのは面倒なだけだの」

「では、伊勢へ出てからか」

「となろう。狙いは桑名《くわな》に着く前となろう。桑名を過ぎると船で熱田《あつた》まで行くことになる。船賃も馬鹿にならぬ」

「細かいことだ」

小さく矢太郎が嘆息《たんそく》した。

「しかたあるまい。こんどのこれは、お館さまの自腹だ。どこからも金は入らぬ」

商人姿の郷忍が、口にした。

二

聡四郎たちが京を発った日、天英院の使いが実家、近衛家へ着いた。

「吉宗が京で継室を探しているだと」

使者の持ちこんだ手紙を読んだ近衛基凞が腕を組んだ。

近衛基凞にとって、吉宗の継室は微妙な問題であった。何度も江戸へ下り、ときには神田館で二年も過ごした近衛基凞は、幕府の事情にもっともつうじている公家であった。

娘が御台所というのもあり、大奥のこともよく理解していた。

「吉宗に縁をつなげるよい機会であるが……」

近衛基凞は悩んだ。

五摂家のなかで幕府に近いと考えられている近衛家は、朝廷で浮いていた。とくに五摂家の残り四家との間柄は余りよくなかった。いや、幕府と親しすぎると非難し、近衛基凞を太政大臣の地位から引きずり下ろしたぐらい悪かった。

ここで近衛基凞の息がかかった女を、吉宗の継室として出せれば、幕府との仲は一層強固になり、失われた朝廷での権を取り戻すこともやぶさかではなかった。

「しかし、そうなれば照姫の権を奪うことになる」

照姫とは、天英院のことである。

大奥の最高権力者は御台所である。八代将軍吉宗に正室がいない今、六代将軍家宣の御台所であった天英院が、その代行として大奥で権を張っている。だが、それも吉宗が継室を迎えるまでであった。正式な当代の御台所が来れば、先代の御台所は大奥から身を退くのが慣例であり、天英院は桜田あたりの御用邸へ移り、ひっそりと余生を送らなければならなくなる。

「といっても、吉宗の継室は要る。ならば、儂の息がかかった者を選ぶべきである。その前に、誰のところへ、御広敷用人が来たのかを調べねば」

近衛基凞が動いた。

太政大臣を辞めたとはいえ、代々朝廷を牛耳《ぎゅうじ》ってきた一門の力は大きい。すぐに四条隆安のもとへ、聡四郎が訪れたことが知れた。

「吉宗どのが家臣でございましたか」

呼び出された四条隆安が、驚いた。

「どこぞの大名の家臣だとばかり」

四条隆安が言いわけした。

「卿《きよう》を咎めるつもりはない。で、どのような話をした」

近衛基凞が問うた。

「公家の娘を側室にする方法について、教えただけでございまする」

「些細《ささい》なことも含め、すべて語れ」

「すべてでございますか」

思い出すようにして、四条隆安が述べた。

「清閑寺だと」

「はい」

確認する近衛基凞へ、四条隆安が首肯した。

「あそこに娘は……まさか」

さっと近衛基凞の顔色が変わった。

「どうかなさいましたか」

四条隆安が気遣った。

「清閑寺には娘がおるであろう」

「娘……まさか、大奥にいる……」

気づいた四条隆安の顔色が変わった。

「身分としてもおかしくはない。歳《とし》の差など気にせずともよい。さらに子はできてもできなくてもいいのだ。と、考えれば、清閑寺の娘はちょうどよい」

「では、吉宗どのは、清閑寺どのの娘を継室にとお考えなのでございましょうや」

四条隆安が息を呑んだ。

「でなければ、京まで人をよこし、聞き合わせることなどあるまい」

近衛基凞が言った。

「いかがいたしましょう」

「卿はかかわるな」

問いかける四条隆安へ、近衛基凞が命じた。

「ですが……」

「口出しは無用じゃ。そなたの身分では、僭越《せんえつ》じゃ」

「はっ」

厳しく言われて四条隆安が肩を落とした。

「念を押すまでもないが、他言は無用ぞ」

「承知いたしておりまする」

四条隆安がうなずいた。

「よい、下がれ」

近衛基凞が手を振った。


追い出されるようにして近衛家を出た四条隆安は、その足で一条《いちじょう》家を訪れた。

「どうした権中納言」

不意の来訪という礼を失した四条隆安に、一条権大納言兼香《かねよし》が驚いた。

「至急、お耳に入れたきことがございまして」

近衛基凞とした話を四条隆安が告げた。

「なんだと」

一条兼香が驚いた。

「清閑寺の娘か……清閑寺ならば、近衛ではなく我らの同心よな」

「はい」

四条隆安が同意した。

清閑寺の娘竹姫は、将軍綱吉の養女となる前に、御台所鷹司《たかつかさ》信子《のぶこ》の娘分となっている。そして、御台所信子は、鷹司家の出である。また、兼香も鷹司から一条に養子に入っている。信子と兼香の二人は、叔母と甥の関係であった。すなわち、一条兼香と竹姫は、義理の従兄妹《いとこ》にあたった。

「ならば、竹姫が吉宗の継室になったならば、その恩恵は、我らが受け取るべきであるな」

「さよう心得まする」

一条兼香の言葉に、四条隆安がうなずいた。

「近衛に実りを持って行かれてはおもしろくない。どうせ、近衛は、己の損得しか考えておるまい。しかし、麻呂は違うぞ。朝廷全体のことを願う。竹姫をつうじて、吉宗に朝廷の賄い領増額を願おう」

「さすがは、大納言さま」

四条隆安が、わざと権を外した。権とは準ずるとの意味であり、本来の官位より一段低い。

「誰《たれ》ぞ、江戸へやらねばならぬな。竹姫へ話を通じねばならぬ。ここは、やはり清閑寺から出させるべきであろう。実家からの使いとあれば、竹姫も耳を傾けよう」

「ご明察でございまする」

とうとうと言う一条兼香を四条隆安が持ちあげた。

「権中納言、手配をいたせ。ことがなったならば、そなたを大臣にしてくれよう」

「ありがたきおおせ」

四条家の家格では、大納言までしか上がれない。もし、大臣になれれば、それは前例になる。前例になれば、子孫も大臣の席につける。また、うまくいけば家格を引きあげられるかもしれなかった。

深々と四条隆安が頭を下げた。


丹生で重傷を負いながらも逃げ出した御広敷伊賀者が、江戸へ帰着《きちゃく》した。

「全滅か」

藤川義右衛門《ふじかわぎえもん》が、腕を組んだ。

「詳細を語れ」

傷だらけの配下に休息も与えず、藤川が命じた。

「遣う武器は……」

息も絶え絶えに述べた伊賀者は、その夜、自宅へ帰ることなく死んだ。

「よくやった。これで御庭之者への対抗手段が取れる」

冷たくなった配下を藤川が褒めた。

忍の遣う道具や体術などは門外不出である。それこそ、親子の間でさえ教えないこともあるのだ。なにがあっても他流の者へ知らせはしなかった。その唯一の例外が、戦いであった、命をかけての争いに、秘密もなにもあるはずはない。もってい るものをすべて出してでも勝利する。そのときだけは、惜しみなく秘術も公開される。戦いの場だけが、忍にとって、他流の技を見る機会であった。

その三日後、紀州へ出ていた伊賀者も帰ってきた。

「二人か」

「申しわけございませぬ」

やはり傷を負いながら戻ってきた西田が詫びた。

「残りは死んだか」

藤川は苦い顔をした。

「無念ながら」

何一つ吉宗にかかわるものを手に入れることができなかった西田は、悔恨《かいこん》の表情を浮かべた。

「熊野から入った連中の消息はどうなっておる」

「桑名で別れたきりでございますれば」

西田が首を振った。

「伊勢から尾鷲《おわせ》、熊野をまわって和歌山へ入るのは、距離も長く道も険《けわ》しゅうございまする。我らより遅くなって当然かと」

まだ望みはあると、西田が述べた。

「地図を」

「これに」

背後に控えていた御広敷伊賀者が、紀州の地図を出した。探索御用《たんさくごよう》を務めていた御広敷伊賀者のもとには、天下六十余州の詳細な地図が保存されていた。幕初に作られた地図は、何度も手を加えられ、常に最新の状態を保っていた。

「となると、今ごろか」

紀州の地図を見ながら、藤川が一点を指さした。

「おそらくは」

「死期の不審な、紀州藩二代光貞《みつさだ》、三代綱教《つなのり》、四代頼職《よりもと》の菩提寺《ぼだいじ》である長保寺《ちょうほうじ》。ここにはかならず、なにかが隠されているはずだ」

藤川が述べた。

紀州徳川家の当主三人の死は連続していた。まず、宝永《ほうえい》二（一七〇五）年五月十四日、三代藩主綱教が四十一歳の若さで死去した。正室に五代将軍綱吉の娘鶴姫《つるひめ》を迎え、一時は六代将軍候補にまでなった綱教だったが、鶴姫のあとを追うように亡くなった。

続いて隠居していた光貞が、その三カ月後の八月八日、息子に先だたれた衝撃から立ち直ることなく死んだ。さらに、兄の後を継いで四代藩主となった頼職も父の喪の明けぬ九月八日に二十六歳で急死した。

わずか四カ月の間に、三度の葬儀をおこなわなければならなくなった紀州藩は、大きく揺れた。葬儀の費用が藩政を圧迫しただけでなく、三人の死亡に疑義を抱《いだ》いた者も多く、藩内は騒然となった。

「なんとしても……」

苦い顔で藤川が漏らした。大奥の庇護《ひご》を受けて、伊賀が生きていくためには、役に立つところを見せつけなければならなかった。

二十人からの人数を出しておきながら、何一つつかめず全滅に近い被害を被《こうむ》って逃げて来たと知られれば、大奥の伊賀者への信頼は地に落ちる。月に百両の約定を交わしたとはいえ、文書にしてはいない。これは後世に証拠となるのを避けたためだが、同時にごまかされてしまう危惧をはらんでいた。

「まともに仕事もできぬのに、金だけ欲しがるか」

結果が出なければ、そう言われて値切られても文句を返しにくくなる。

「根来はそこまでできるか」

藤川が西田を見た。

「一人対一人ならば、負ける気遣いはございませぬ」

西田がはっきりと告げた。

「数の差か」

「敵地でございますれば、地の利は確実に奪われておりまする」

「それは承知のうえであろう」

言いわけする西田を藤川が叱った。

探索御用で、地方へ向かうのは伊賀者の重要な任であった。当然、目的はいつも敵地だったのだ。その不利を排除して、任を果たしてこそ、探索方なのだ。

「……はい」

西田が小さくなった。

「出すしかないか」

藤川が嘆息した。

探索御用をはずれた御広敷伊賀者の任は、大奥の警衛と女中の外出の供くらいしかない。どちらも手を抜くことはできない。あまり大人数を探索に出してしまうと、現在の任に回す人手が不足する。その隙をつかれ、大奥へ何者かに侵入でもされれば、御広敷伊賀者は終わる。

「郷へ応援を願えば」

「もう頼んだ。二十両で四人」

「少ない」

聞いた西田が絶句した。

「重ねて……」

「金がない」

西田の言葉を藤川が否定した。

「大奥から出た百両の金がございましょう」

「そのようなもの、もうないわ」

藤川が怒った。

「えっ」

驚く西田へ藤川が説明した。

「何人の跡継ぎたちを失ったと思っておるのだ。このままでは、代替わりできず、御広敷伊賀者は滅びるぞ。早急に代わりの者を育てねばなるまい。その費用だけで三十両はかかる。あと、傷ついた者への養生金、使用した道具の追加、手入れ。百両などでは足りぬぞ」

「…………」

西田が黙った。

「伊賀と江戸が離れて百年以上、もう一族だとか、同郷だとかで甘えられぬ。金で繋がっただけの仲なのだ」

「気づきませんで」

深く西田が頭を下げた。

「別班に期待するしかない」

藤川が嘆息した。

三

月光院との夕餉をすませた吉宗は、その三日後、竹姫との会食を手配させた。

「綱吉さまのご養女にご挨拶を」

吉宗の言葉に、竹姫付きの女中たちは驚愕した。

竹姫は二度の婚約が流れたことで、落飾《らくしょく》していないとはいえ、すでに世捨て人同様の生活であった。

他人も訪れず、催しものにも参加せず、ただ静かに過ごしていた。そこへ、新将軍から声がかかった。

「おめでとうございまする」

竹姫付きの中臈が喜んだ。

「なにがめでたいのか」

竹姫が首をかしげた。

宝永《ほうえい》二（一七〇五）年生まれの竹姫は、今年で十二歳になる。昨年、婚姻を約していた有栖川宮正仁親王《ありすがわのみやまさひとしんのう》を失ったばかりであった。

「上様がお見えになるのでございまする。これは、上様が竹姫さまのことをお忘れになられていない証拠。きっと近いうちに朗報が参りましょう」

中臈は興奮していた。

「二度も夫となるべきお方に死なれたわたくしが、陰でどのように言われているか、知っておろう」

小さく竹姫が嘆息した。

会津《あいづ》松平の嫡子久千代《ひさちよ》、有栖川宮正仁親王、二人の許婚《いいなずけ》を立て続けに失った竹姫に、悪意のある噂が立っていた。

「そのようなわたくしに、よいお話などあろうはずもない。おそらく、大奥に不吉な女を置いておくわけにはいかずと、京へ帰されることになるのであろう」

竹姫は悲観していた。

「…………」

消沈《しょうちん》している主に、中臈はなにも言えなかった。

「お断りするわけにもいかぬ。お受けすると返事をな」

顔をあげて竹姫が命じた。

その夜、吉宗は大奥の小座敷で、竹姫と夕餉を共にした。

上座《かみざ》に吉宗が、そこから三間（約五・四メートル）ほど下《しも》で、対面するように竹姫が座した。

「お目通り以来でございまする。今宵はお招きをいただき、ありがたく存じあげまする」

まず、竹姫が挨拶をした。

「忙しくはなかったのか」

「いえ。なにもございませぬゆえ」

竹姫が首を振った。

「嫌いなものが出ていなければよいが」

吉宗が膳を見た。

普段一汁二菜《いちじゅうにさい》の吉宗だったが、今宵は三の膳まで付いた豪勢なものであった。

「竹どのは、魚はいかがじゃ」

「あまり生臭《なまぐさ》ものは……」

「鴨《かも》や鶴はお好きかの」

「少しだけならば」

問う吉宗へ、竹姫が短く応えるという形で、夕餉は進んでいった。

「魚も鳥も召されぬと、なかなか身体が育たぬと申しますぞ」

吉宗が竹姫を見た。

十二歳になったばかりの竹姫は、まだ大人になりきってはいなかった。六尺（約一・八メートル）をこえる吉宗と並べば、胸まで来るていどでしかない。

「お気遣いかたじけなく存じまする」

箸を置いて、竹姫が一礼し、箸を持ち食事を再開した。

本来、大奥での将軍の食事は、御台所と二人で摂る。御台所ではなく、別の側室と同衾《どうきん》する夜でも同じであった。

しかし、吉宗に御台所はいない。誰と夕餉を一緒にしようとも問題ではなかった。

「馳走《ちそう》であった」

まず吉宗が終わった。膳の上にあったものをすべて平らげ、飯を六杯お代わりしたが、一膳しか食べていない竹姫よりも早かった。

「…………」

「あわてずともよい」

急ごうとした竹姫を吉宗が笑いながら制した。

「武士はいつ戦場へ行かねばならぬかわからぬ。食事の最中に敵が攻めてこないとはいえないのだ。ゆえに、早食いでなければならぬ。食事を途中で止めるようでは困るのだ。なにせ、腹が減っては戦ができぬからの」

「たいへんなのでございますね」

竹姫が感心した。

「だが、女《おなご》が戦場へ出ることはない。ゆっくりと食事をしてかまわぬ」

「はい」

すなおにうなずいて、竹姫が箸を動かした。

「あまりお見つめになられませぬよう」

しばらくして、竹姫が小さな声を出した。

吉宗がじっと竹姫の食べるのを見つめていた。

「すまぬ」

あわてて吉宗が詫びた。

「馳走でございました」

少し早めに食べて、竹姫が食事を終えた。

「それで足りるのか」

「もう十分でございまする。いつもは、これほどたくさん食事をいたしませぬので。汁ものと煮もの、漬けものだけでございまする」

竹姫がほほえんだ。

「そうか。質素倹約でけっこうなことだ」

うなずいて吉宗は、付いている奥女中たちに膳を下げるように目で命じた。

「…………」

無言で二人の前から膳が下げられた。

「さて、茶をいただけるか」

「拙《つたの》うございまするが」

吉宗の願いに竹姫が応じた。

小座敷と畳廊下を一つ挟んだところに、将軍と御台所、側室たちが休息を取るための場所があった。襖《ふすま》に蔦《つた》の絵が描かれていることから、蔦の間と呼ばれていた。

吉宗と竹姫は、蔦の間へと移動した。

蔦の間の片隅には、炉《ろ》が切られていた。すでに、炭がおこされ、鉄釜が松籟《しょうらい》を奏《かな》でていた。

竹姫が茶道でいう亭主となり、吉宗が客となった。

作法どおりに竹姫が茶を点《た》てた。

「どうぞ」

「ちょうだいする」

差し出された茶を、吉宗は背筋を伸ばして、ゆっくりと啜《すす》った。

「けっこうなお手前でござった」

「お粗末でありました」

二人は共に礼をした。

「今度は、躬が茶を点てよう」

吉宗が座を替わろうと言った。

「公方《くぼう》さま」

竹姫が真剣な顔をした。

公方とは将軍の正式な呼称であった。上様とは、徳川宗家を継いではいるものの、まだ将軍宣下《せんげ》を受けていない者へのものであり、本来吉宗は公方と呼ばれなければならなかった。といったところで、上様と公方の境目はすでに曖昧《あいまい》であり、どちらで呼んでも問題はなくなっていたが、公家の出である竹姫は、あえて吉宗を公方と呼んだ。

「なんじゃ」

腰を据えなおして、吉宗が問うた。

「本日、お招きの趣旨をお伺いいたしとう存じまする」

十二歳とは思えぬ大人びた顔で、竹姫が問うた。

「ほう」

まっすぐに見つめてくる竹姫に、吉宗は感心した。

将軍は天下の主である。大奥では客に過ぎないというが、それはあくまでも建前であり、吉宗の意向一つで、女中の首は跳んだ。

上臈といえども、吉宗の目を正面から見てくる者はいないのだ。それを年端《としは》もいかぬ竹姫がやってのけた。

「下がれ」

吉宗が同席していた中臈たちへ手を振った。

「しかし……」

中臈が逡巡《しゅんじゅん》した。

「下がれと申した」

厳しい声で再度吉宗が命じた。

「は、はい」

一人を残して女中たちが出て行った。

「姫さま」

残った中臈が、竹姫に心配そうな声をかけた。

「かまいませぬ。下がりなさい、鹿野《かの》」

竹姫がうなずいた。

「公方さま」

「なんじゃ」

鹿野が、吉宗へ手を突いた。

「どうぞ、姫さまを……」

「心配するな。取って喰おうというのではない」

吉宗が苦笑した。

「躬も鬼ではないわ」

「おそれいりまする」

畳に鹿野が額《ひたい》を押しつけた。

「ありがとう」

礼を言う竹姫に見送られて鹿野が出て行った。

「忠義な者をお持ちだな」

「はい。わたくしごときに、仕えてくれておりまする」

うれしそうに竹姫がほほえんだ。

「では、公方さま」

竹姫が表情を引き締めた。

「わたくしを夕餉にお誘いいただいたのは、輿入《こしい》れのお話でございましょうや」

「輿入れといえば、輿入れであるな」

吉宗は、あいまいに答えた。

「久千代さま、有栖川宮正仁親王さま、わたくしは二度も縁を失いました」

「…………」

「もう、期待していて裏切られるのはつろうございまする」

泣きそうな顔で竹姫が言った。

「まだ四歳にもならぬときに、親元を離れて江戸へ参り、同年に久千代さまと婚姻のお約束をいたしました。なれど五カ月で久千代さまはお亡くなりになり、ようやく喪の明けた宝永七（一七一〇）年、宮さまのもとへ輿入れと決まりました。それも昨年、宮さまがお隠れになり、潰《つい》えました。あれから一年、わたくしは、この大奥に与えられた一室で、静かに暮らしております」

竹姫が述べた。

「嫁に行くのは嫌か」

「嫌ではございませぬ。女に生まれた身、いずれ嫁《か》して妻となり、子を産み母となるのが定め。それを否《いな》やとは申しませぬ」

「もう死なぬ男が欲しいというわけだな」

「はい。わたくしより先に逝《い》かれるお方は、遠慮いたしとう存じまする」

はっきりと竹姫が言った。

「強いな、そなたは」

吉宗が感嘆した。

「女は皆、強うございまする。子を産み、代を重ねていかねばなりませぬ」

竹姫が胸を張った。

「そなたより強い男なら、よいのじゃな」

「……はい」

念を押すような吉宗に、竹姫が怪訝そうな顔をした。

「では、躬のものとなれ」

「な、なにをおおせに」

竹姫が絶句した。

「気に入った。躬は、そなたが欲しいと思う」

「お戯《たわむ》れはお許しくださいませ。わたくしと公方さまではあまりに差がございまする」

本気だと覚った竹姫が、あわてた。

吉宗は今年で三十三歳になる。十二歳の竹姫とでは、じつに二十歳以上もの開きがあった。

「ここは江戸じゃ」

「…………」

「この城のなかにおいて、躬の意志に逆らう者はおらぬ」

「無理矢理と仰せられまするか」

竹姫が強い目つきで吉宗を睨んだ。

「気のきついことだ」

「二度も嫁入りそこねれば、女も変わりまする」

「誰も悪いとは申しておらぬ」

吉宗が笑った。

「今すぐでも、そなたを吾がものとしたい。だが、せぬ」

「なぜでございましょう」

「まだ、この大奥は、そなたを御台所にするには、不足だからの」

「それは……」

「いつか、躬が大奥を従えたときは、覚悟せい」

強く吉宗が宣した。

「では、本日の夕餉にお誘いいただいたのは」

「誰にも輿入れさせるつもりはないと言うためであった」

問う竹姫へ吉宗が言った。

「難しいことをなさる」

竹姫が嘆息した。

「公方さまが、夕餉を共にされたのは、今のところ月光院さまが多く、天英院さまは一度だけ。そこにわたくしをお召しになるとは……これから、わたくしは、天英院さまに責められることになりましょう」

「そなたの居場所は、もうこの大奥にしかないのだ。己の居場所を守るくらいのことはできよう。そなたのほうが、よほど天英院や月光院より強い」

吉宗がほほえんだ。

「では、またの」

すっと吉宗が腰をあげた。

「あっ、女中を」

迎えの中臈を呼ぼうと竹姫が声を出しかけた。

「竹よ」

「はい」

竹姫が首をかしげた。

「月のものはもう来ておるのか」

「……まだでございまする」

一瞬の間を置いて竹姫が答えた。

「そうか。楽しみじゃの。月を迎えて、そなたがどう花開くか。竹よ、美しく、強く、そして聡《さと》くなれ」

言い残して吉宗が蔦の間を後にした。

「勝手な……でも、わたくしを要るとおおせられた」

残された竹姫が小さく呟いた。

異性から初めて求められた竹姫の頬《ほお》は染まっていた。

四

草津まで足を延ばした聡四郎一行は、翌朝も早立ちをした。

早立ちするにはいくつかの慣例があった。前夜までに宿賃の支払いを済ませておくこと、閉まっている大戸ではなく、潜りから出入りするので、寝ずの番をして客の出入りを助ける手代《てだい》に心付けを渡しておくことなどだ。

「いってらっしゃいませ。道中のご無事をお祈りいたしておりまする」

前夜の心付けがきいたのか、七つ（午前四時ごろ）だというのに、手代の機嫌はよかった。

「わたくしが」

潜りを出ようとした聡四郎を玄馬が制した。

腰を屈めた状態で、頭から出なければならない潜りほど危ない場所はなかった。外で待ち伏せされては、どれほどの名人上手でも対応できない。

「…………」

脇差を鞘ごと抜いて、頭上に掲げながら、玄馬が潜りを出た。

「よろしゅうございまする」

「旦那、お先に」

伊之介が勧めた。

「うむ」

聡四郎はすばやく潜りを通った。続けて伊之介が出てきた。

「提灯《ちょうちん》を」

日はまだ昇っていない。宿場町は真っ暗であった。

「いや、提灯はいい」

闇で灯《あか》りほど目立つものはない。聡四郎は伊之介を制した。

「急ぐぞ」

聡四郎は、歩き出した。


「追うぞ」

「おう」

商人姿の八郎《はちろう》と矢太郎が後をつけはじめた。

庶民の旅の眼目はどうやって金を節約するかにある。とくに利を求める商人の旅は、金に厳しい。では、どのように旅費を倹約するかといえば、宿泊の回数を減らすのである。宿賃ほど旅で高いものはない。当然、早立ちになった。

草津は、東海道でも指折りの宿場である。宿の数も多い。となれば、どうしても客の奪い合いになるため、旅籠《はたご》賃は、他の小さな宿場と違い、安い。また、草津から東海道、中山道《なかせんどう》、伊勢街道に分かれることもあり、京を出た旅人は草津に宿をとることが多かった。

「人が多いな」

聡四郎が感心した。

「商人たちにとって、一日の遅れは、大損になりまするので」

伊之介が説明した。

「こう人が多いと、気配が乱れて」

玄馬が苦い顔をした。

「注意して進むしかないな」

狙われているのはわかっている。聡四郎は、十分な警戒を怠ってはいなかった。

草津から石部《いしべ》、水口、土山《つちやま》の宿を過ぎると、近江の国も終わる。

「亀山《かめやま》まで行けそうで」

土山を過ぎたところで、伊之介が言った。

草津から亀山までは、およそ十四里（約五十六キロメートル）である。健脚でなければ、難しい距離であった。

「亀山まで行ければ、桑名までは、ざっと八里半（約三十四キロメートル）、熱田行きの船に乗れましょう」

「かなり進めるな」

満足だと聡四郎はうなずいた。

「かなり無茶な進みかただな」

「うむ。このままでは、まずい」

八郎と矢太郎が顔を見合わせた。

聡四郎たち一行の歩みは、ほぼ他の旅人の倍に近いのだ。その速さに商人がついていっては目立つ。

「放下《ほうか》するしかない」

「だの」

二人は一度街道からはずれ、山のなかへ入っていった。

「…………」

荷物を降ろし、なかから太刀と脇差を出した二人は、身につけていた衣服を裏返した。

細かい縞《しま》の小袖《こそで》に小倉袴《こくらばかま》を着け、上から羽織《はお》れば、立派な藩士のできあがりであった。

「いくぞ」

髷《まげ》も変えた二人が、街道へ戻ろうとして、足を止めた。

「甲賀か」

八郎が声を出した。

「伊賀が、甲賀の地に何用だ」

木立のなかから咎める声がした。

「甲賀に用があるのではない」

矢太郎が述べた。

「……四人、いや、六人」

すばやく八郎が気配を数えた。

「多いぞ」

小声で八郎が伝えた。

一人一人の技量を誇る伊賀と違い、甲賀は数で緊密な連絡を取り合い、ことをなす。一対一ならば負けないが、数で来られれば、勝負にならなかった。

「我らは、伊賀の敵を追っているだけ。決して甲賀の郷でことを起こしはせぬ」

八郎が宣した。

「甲賀を出るまで、見張らせてもらう」

「承知」

「みょうな動きを見せれば、容赦はせぬ」

声が止まった。

「面倒なことになりそうだ」

「うむ」

街道へ戻った二人が苦い顔をした。

「隙あれば鈴鹿《すずか》の峠でもと考えていたが……」

矢太郎が嘆息した。

鈴鹿の峠は、さしたる難所ではないが、街道の左右は崖《がけ》であり、足場の悪いところである。山で修行を積んだ忍は慣れているが、武家にとっては馴染《なじ》みのない不利な場所になる。

「まちがいなく峠をこすまでついてくるだろう」

甲賀の忍にとって、伊賀の技を見る好機なのだ。さすがに近江からそう遠くまではついてこないだろうが、鈴鹿は伊勢国とはいえ、近江まで指呼《しこ》の間《かん》でしかない。他流の仕掛けが見られるとなれば、厭《いと》うほどの距離ではなかった。

「桑名まで待つか」

「それしかないな」

二人は、遠くに見える聡四郎たちの背中に注意を戻した。


亀山に着いたとき、すでに日は落ちていた。

「なんとか無事であったな」

宿に草鞋を脱いで、聡四郎は緊張を解いた。

「鈴鹿峠で来るかと思ったが」

「なにもございませなんだ」

玄馬もほっとした顔でうなずいた。

「京からかなり離れましてございまする。あきらめたのでは……」

伊之介が期待をこめた声で言った。

「残念だが、それはないな」

聡四郎は首を振った。

「忍の執念は強い。仲間を殺されて黙っていることはない」

小さく聡四郎は嘆息した。

「人を斬ることは、恨みを受けることでもある。かつて、そう師に言われた」

聡四郎は入江無手斎《いりえむてさい》がそのときに見せた苦渋の表情を思い出していた。

「死者にも縁者はいる。親、妻、兄妹、あるいは友がな。その者たちにとって、殺された者の善悪は関係ない。ただ、無念なだけなのだ。その無念を晴らそうとして、復讐に出る。これはおかしくはない。人の情というものなのだからな」

旅装を解きながら、聡四郎は語った。

「遺恨を残さずと誓った真剣勝負でも、そうなのだ。命を拾う代わりに勝者は、恨みを背負う。ましてや、仕事のために命を落としたとなれば、恨みは、その全体が持つことになる。仕事の失敗は、名を落とすことになるからな。忍はそちらになる。請け負った仕事を失敗したとなれば、次の仕事が来なくなる。そうなれば、金が入らず、生きていけぬ。なんとしてでも、失敗の原因は消さねばならぬ。一族の生死がかかっているのだからの」

「勝手な話でございまする」

不足そうに玄馬が言った。

「任に失敗したのは、己の未熟。その足りなさを恨むべきであり、こちらに矛先《ほこさき》を向けるなど……」

玄馬が憤慨した。

「それは我らの理《ことわり》。向こうには向こうの理がある。そして、理ほど曲げられぬものはない」

「理とはなんのことで」

わからぬと伊之介が首を振った。

「軽くいえば、言い分だな」

「なるほど」

伊之介が納得した。

「だからといって、こちらが殺されてやる義理はない」

命のやりとりなのだ。負けたほうが死ぬ。

「当然でございまする。どのようなことがあっても、殿のお身体に傷を付けさせはしませぬ」

力強く玄馬が言った。

八郎と矢太郎も聡四郎たちの泊まった旅籠に入っていた。

「喜助と悟市も来たようだな」

矢太郎が仲間の到着を覚った。

「入るぞ」

二人の部屋へ、喜助と悟市が現れた。

「他助と佐太は、外れの木賃宿《きちんやど》に入った」

喜助が残り二人の状況を報せた。

「うむ」

八郎が首肯した。

「そちらはどうであった」

「甲賀か。しっかりと来たわ」

悟市が淡々と告げた。

「どこまでついてきていた」

「鈴鹿峠まではまちがいなく。関《せき》では、気配を感じられなかった」

関は鈴鹿峠をこえておよそ一里半（約六キロメートル）、亀山の手前、伊勢参宮道への分かれ道となる宿場であった。

「おなじだな」

矢太郎と八郎もうなずいた。

「甲賀の目はなくなったな」

「ならば、遠慮は要らぬ。今宵、寝込みを襲うか」

喜助が発案した。

「宿で騒ぎを起こすのは、目立ちすぎる」

だめだと八郎が首を振った。

「なにより、宿では攻めの手段がかぎられる」

悟市も難しいと言った。

旅籠で上客は二階に通される。二階には、一階にある床下がない。畳の下に入りこむことができないのだ。となれば、天井裏か、窓、廊下の三カ所しか侵入口はなくなる。当然、警戒している聡四郎たちが、それに気づいていないはずはなかった。

「それに宿屋の部屋は狭い。数の優位が使えぬ」

せいぜい八畳間なのだ。多人数で押しこめば、同士討ちしかねなかった。

「では、どこでやる。桑名を出られると面倒だ」

矢太郎が問うた。

「桑名でいいだろう」

八郎が告げた。

「船が着いたときがいい。船から下りてきた人で湊《みなと》はあふれ、騒々しくなる。我らの気配も紛《まぎ》れよう」

「ふむ。良いところに目をつけたな」

聞いた悟市が納得した。

「では、我らは先発しておこう」

悟市が、喜助を促した。

「桑名で湊に近い旅籠に入っておく。そこから短弓で射貫《いぬ》く」

「それはいい。従者だけでも片付けられれば、かなり楽になる」

良策だと八郎が認めた。

「どれほどの遣い手でも、気配のわからぬ状況で、一本目の矢を防ぐことはできぬからな」

小さく悟市が笑った。

「よし、では、明日。他助たちへの繋ぎは我らがしよう」

「任せた」

喜助と悟市が旅籠を出て行った。

「明後日には国に戻れるな」

「炭焼きの途中だからの。息子に任せてきたが、まだ甘い。下手すれば、売りものにならなくなる」

八郎が笑った。


翌朝、聡四郎たちは、やはり早立ちをした。

「昼過ぎには桑名に着きましょう。問題は船が空いているかどうかでございますな」

伊之介が述べた。

桑名から熱田への渡し船を使えば、大きく旅程を稼ぐことができる。もちろん、ただではないが、一夜の宿賃に比べれば、かなり安くつく。

名古屋《なごや》の城下に用でもないかぎり、江戸へ向かう旅人は、ほぼ全員船を使うと考えてよかった。

「行きはどうにかなったが、今回も大丈夫とはいえぬか」

「はい」

足を緩《ゆる》めずに伊之介が同意した。

「やはり筵《むしろ》三枚は要りまするな」

筵とは、船賃の一つである。一人で筵一枚分の場所を取ることをいい、乗り合い一人が六十文に対し、その六倍近くの三百三十八文かかった。そのかわり、筵の範囲に他人が入ることはなく、周囲に十分な間を取れた。

「できれば、一艘借り切りたいところでございますがね」

伊之介が言った。

「そうすれば、他に人は乗ってきませんので、安心なんでござんすが」

「いくらなんでも金がかかりすぎよう」

さすがに聡四郎が止めた。

「四十人乗りでよければ、さして高いというほどではございませんよ。たしか二貫少しだったかと」

二貫は銭になおして、二千文になる。昨今、小判の価値が下落していることもあり、一両はおよそ四千文内外なので、二分金一枚ですんだ。

「もっとも、船頭や船衆への心付けも要りまするので、一両ほどになりましょうが、命には替えられませぬ」

「たしかに。一両で三人の命が買えるならば、安いものだ」

聡四郎も認めた。

「もっとも、船があるかどうかは、桑名に着かないとわかりませぬ」

「だの」

乗り合いが基本なのだ。すでに客で埋まっていれば、金を払うといっても、どうしようもなくなる。

「あと、大名行列が来てなければよいのでございまするが」

東海道を参勤交代する大名は、桑名を経由することが多い。これは、御三家名古《なご》屋《や》の城下を避けたいからだ。名古屋城下を通過するとなれば、御三家への敬意を表さなければならなくなる。藩主が挨拶に出向くにせよ、代理を行かせるにせよ、手ぶらではいかないのだ。格式に応じた土産を用意するとなれば、けっこうな費用が要る。内証逼迫《ひっぱく》の現在、余分な金を使う余裕は、どこの大名にもなかった。

「大名行列がいれば、面倒だな」

「はい」

一門か、老中を輩出する名門譜代の大名でもないかぎり、役職に就いている聡四郎が優先される。それこそ、大名が手配した船に同乗することもできた。

「人が一気に増えやすから」

問題は湊の混雑であった。

参勤交代となれば、侍、中間《ちゅうげん》、小者、人足《にんそく》など合わせて数百人がまとまって移動するのだ。ちょっとした宿場でも、人であふれかえる。

人が多くなれば、襲撃してくる者の気配を感知することは難しくなった。刺客《しかく》にとって、人混《ひとご》みほどの地の利はなかった。

「場合によっては名古屋へ回る」

「へい」

「承知」

三人は、足を速めた。

「悟市たちを先行させておいてよかったな」

八郎が安堵《あんど》の顔を見せた。悟市たちは、商人姿で移動していた。

「あの速さで進む庶民などおらぬからな」

矢太郎があきれていた。

「しかし、疲れるであろうにの。狙われているとわかっていればこそ急いでおるのだろうが、あのような足運びを続けていては、体力がもつまい」

「膝もな」

二人が言った。

「剣術遣いはまだよいだろうが、あの小者はきつかろう」

「足手まといか」

小さく矢太郎が笑った。

「やるか」

「あほう」

八郎が叱った。

「あいつがいるから、まだこれですんでいる。足枷がなくなれば、どうなるかくらいわかるだろう」

「……すまぬ」

矢太郎が詫びた。

「おまえは、今回が初めてゆえ、いたしかたないが、忍に要るのは、山のなかの湖のように波立たぬ心だ。些細なことにとらわれ、本質を見失うな」

「肝に銘じる」

説教に矢太郎が一礼した。

「かなわぬと思えば、逃げろ。忍に恥はない。生きていれば勝てる。己の届かぬ相手でも、他の者ならば、倒せるかも知れない。その倒せる者を選び出すためには、相手がどの武器を得手としているのか、どのような技を遣うのか、これらを知っていなければならぬ。いかに老練な忍といえども、初見の技には対応できないからな」

「なるほど」

先達の言葉に矢太郎がうなずいた。

「よく相手を見ておけ。足の運び、腕の動き」

「……………」

言われた矢太郎が前を見た。

「気づかぬか。主の右手が少し左よりも、振りが小さいであろう」

「……たしかに」

「古傷だろう」

「ふむ。となれば、右への一撃は、少し短くなる」

「おそらくな」

八郎が首肯した。

「あと、鞘を見ろ」

「紙をあてている……」

矢太郎が応えた。

「鞘が割れたのだろう」

「それがどうだと」

修繕していれば、鞘が割れていても刀の持ち運びに問題はない。

「わからぬか。居合いが遣えぬということだ」

「なぜじゃ」

わからないと矢太郎が首をかしげた。

「割れた鞘は、どのように繋ごうとも、ひずんでしまう。とくにああやって、和紙を貼った場合、和紙で強く締め付けるため、鞘内が少し狭くなるのだ。となれば、滑り出した太刀が、鞘の内側にどうしても触れやすくなる。鞘に触れれば、居合いの速度は落ちる」

「なるほど」

説明に矢太郎は感心した。

「あの侍は、右から攻めるにかぎると」

「そうだ。こういうことをあらかじめ知っておけば、戦いに負けぬ」

教え諭すように八郎が述べた。

「桑名に入ったとき、このことを、皆に報せるぞ」

「おう」

矢太郎が首肯した。

第四章　湊の攻防

一

天英院は気を失いそうなほどに激怒していた。今の大奥の状況を鑑《かんが》みれば、月光院と食事をしたならば、次はなにをおいても天英院の相手をするべきであった。

しかし、吉宗は、天英院を嘲笑《あざわら》うかのように、五代将軍綱吉の養女である竹姫と夕餉を共にした。

「わ、妾《わらわ》を、御台所であった妾を招きもせず……た、竹と夕餉をなすなど……」

「お方《かた》さま、お平《たい》らに、お平らに」

上臈の姉小路が天英院を宥めた。

「これが、落ち着いておられるか」

天英院が怒鳴りつけた。

「吉宗め。嫌がらせをするにことを欠きおって、たかが清閑寺の娘を近衛家の娘である妾よりも優先するなど……」

わなわなと天英院が震えた。

「無知ゆえでございましょう。有職故実《ゆうそくこじつ》につうじているとは思えませぬ」

一生懸命姉小路が説得した。

「有職故実など、将軍に求めるほうがまちがっておろう。輿入れした身じゃ。女は嫁した先の身分として扱われるからの。実家の位階《いかい》だけならば、まだ辛抱もしよう。妾は六代将軍家宣公の御台所じゃ。吉宗に正室がいない今、妾が大奥の主ぞ。対して、竹はなんだ。嫁に行きそびれた女ではないか。しかも二度ぞ。婿となるべき男を二度も失った、縁起の悪い女じゃ。妾はおろか、月光院よりも、いや、上臈どもよりも下位であるべきなのだ。それくらい、紀州の猿とはいえ、わかっておるはず……」

「…………」

姉小路も言い返せなかった。

「わかってやったのだ、吉宗は。あやつは、妾を敵に回すと宣した」

天英院が断じた。

「姉小路」

「は、はい」

厳しい声に姉小路が、身を縮めた。

「吉宗の意図を調べよ」

「はい」

「あと、館林卿に連絡を」

「お金の無心でございまするか」

姉小路が問うた。

吉宗の将軍就任をじゃました天英院の手元金は、大幅に減少されていた。季節の衣類どころか、行事に着ていく打ち掛けさえ作れない状況になった天英院は、八代将軍として推薦した家宣の弟館林藩主松平清武を頼っていた。

「ではない。直接話をしたい。大奥へ来てもらえ」

「それは……」

聞いた姉小路が逡巡した。

大奥には、親戚などと会うための部屋があった。といっても、実家の母や姉妹を呼ぶのがせいぜいで、義理の弟とはいえ、血のつながらない男を招くことはありえなかった。

「男子を大奥へ入れることは、いかに館林卿でも……」

前例がないと姉小路が再考をうながした。

「妾はすでに落飾し、尼となった身。そして会うのは、吾が夫、六代将軍家宣さまの弟ぞ。なんの問題があるか」

「ではございまするが……月光院さまたちの非難を」

たしかに尼僧となれば、俗世《ぞくせ》を離れたとして扱われる。だからといって、巷《ちまた》の噂から逃れられるものではなかった。

「くっ」

月光院の名前に、天英院が呻いた。

「少しのことでも、大事にいたしましょう。お方さまのお名前にそれで傷が付くとは思えませぬが、上様が見逃されるとは……」

弱みになりかねないと姉小路が危惧した。

「吉宗に口実を与えるのは、よくないの」

ようやく天英院があきらめた。

「しかし、なんとしてでも、館林卿とは話をしたい」

「では、わたくしが出向きましょう」

「そなたが」

天英院が驚いた。

御台所から将軍家菩提所《ぼだいしょ》である増上寺《ぞうじょうじ》や寛永寺《かんえいじ》、御三家へ使者が出ることはままあった。しかし、その役目は、表使《おもてづかい》の仕事であり、大奥最高位の女中である上臈が出向くことはなかった。

「密議でございましょう。他の者へ任せられまするか」

姉小路が確認した。

大奥の表使は、重要な役目であった。大奥の出入りいっさいを管轄《かんかつ》し、幕府の役人との交渉を担った。また、大奥の買いものを取り仕切り、商人たちとのつきあいなども任されていた。身分はさして高くはないが、大奥女中のなかでも切れ者でなければ務まらなかった。

もちろん、天英院方、月光院方の両方から表使は出ている。

「表使では、身分が軽いと」

「はい」

天英院の求めているのは、吉宗の排除である。その助けを松平清武に求めるつもりならば、相応のことをしてみせなければ、真実味に欠ける。それこそ、女の嫉妬《しつと》と思われれば、それまでなのだ。

謀叛《むほん》に近いまねをさせるなら、こちらの本気を見せなければならなかった。

「わかった。家宣さまの法要《ほうよう》を口実に、館林を訪ねておくれ」

「承知いたしました。お手紙はお止めくださいますよう」

一礼しながら、姉小路が忠告した。

「わかっておる。証《あかし》を残すわけにはいかぬ。だが、それでは、相手が信用すまい。姉小路、文箱《ふばこ》をこれへ」

理解した天英院が、文箱を持って来るように命じた。

「はい」

下座《しもざ》から立ちあがった姉小路が、天英院の背後にある飾り棚から蒔絵《まきえ》の施された黒漆《くろうるし》の文箱を取った。

「うむ」

文箱を受け取った天英院が、なかから櫛《くし》を取り出した。

「これはの、まだ家宣さまが甲府におられたとき、妾にくださったものじゃ」

朱漆に甲府徳川家の葵紋《あおいもん》を散らした見事な櫛を天英院が、姉小路へ渡した。

「これならば、清武どのも知っておるはず」

「このように貴重なものを……たしかにお預かりいたしましてございまする」

櫛を目より高く姉小路が掲げた。

「吉宗を将軍より引きずり降ろす。どのような手立てでもよい。そう清武どのに伝えよ。頼んだぞ」

「お任せくださいますよう」

姉小路が平伏した。


天英院の前をさがった姉小路は、月光院付きの上臈、松島の局を訪れていた。

「どうかしたのか」

煙草《たばこ》を吸いながら、松島が問うた。

「気楽じゃの」

姉小路があきれた。

「上様の夕餉のお誘いがあったからの。お方さまはご機嫌じゃ」

松島が答えた。

本来仇敵《きゅうてき》であるはずの二人だったが、吉宗という大奥の危難を迎えて手を組んでいた。もっともこれは、仲の悪い互いの主には無断であった。

「こちらは、そのおかげで大変だというに」

「竹姫さまのことじゃな」

煙管《キセル》を置いて松島が言った。

「うむ」

「上様も嫌らしいまねをなさる」

松島が嘆息した。

「月光院さまとお方さまの間により大きなひびを入れようとなされておられるのだろうが……男のすることではないの」

「まさかと思うが、未《いま》だ大奥の女を召されぬ。かといって紀州藩邸に残した側室のもとへ、かよわれたとも聞かぬ。まさか、上様が男色《なんしょく》というのではなかろうな」

「御子がおられるのだ、そうではなかろう」

姉小路が否定した。

男色の将軍が過去にいなかったわけではなかった。

三代将軍家光が、松平伊豆守信綱《いずのかみのぶつな》、堀田加賀守正盛《ほったかがのかみまさもり》ら、稚小姓《ちこしょう》として側に居た男に手を出し、一向に女に興味を示さなかったというのは、有名な話である。

これでは、子供ができないと、家光に女をあてがおうと、春日局《かすがのつぼね》が苦心惨憺《さんたん》した話は、大奥でいまだに語りぐさとなっているほど有名な話であった。

「男色ならば、女に用はない。女が要らなければ……」

「大奥は不要じゃ」

二人が顔を見合わせた。

「冗談ではない」

「男で女を欲しがらぬなどあり得ぬ」

身震いしながら、二人が首を振った。

「ところで、用件はなんだ。あまり長居をされても困る」

あらためて松島が訊いた。

「そうであった。人払いを頼む」

「皆、遠慮いたせ」

求められて松島が手を振った。

「これでよいか」

「手間を掛ける」

軽く黙礼して姉小路が謝した。

「なにがあった」

松島が表情を変えた。

「お方さまの堪忍袋《かんにんぶくろ》の緒が切れた」

姉小路が肩を落としながら語った。

「館林卿をお使いになる気か」

聞いた松島がうなった。

「しかし、上様を排したところで、どなたを九代に持ってこられるおつもりなのだ。館林卿は、失格の烙印《らくいん》を押されたのだぞ」

松島が首をひねった。

生母の身分が低いため、松平清武は父甲府宰相《さいしょう》綱重《つなしげ》から公子《こうし》と認められず、家臣の越智《おち》家へ養子に出された。これが、八代将軍の継承争いで、大きく清武の足を引っ張った。

他姓を継いだ者は、徳川の名跡へ戻れず。

神君家康が作った前例であった。

初代将軍家康は、長男信康《のぶやす》の死後、次男秀康《ひでやす》ではなく三男の秀忠を跡継ぎに選んだ。そのときの理由が、秀康が結城《ゆうき》家の養子となっていたとのことだった。

徳川にとって家康の言葉は絶対である。こうして生まれた決まりが、松平清武にとどめを刺した。

天英院の後押しもあり、ほとんど八代将軍に決まりかけていた松平清武は、水戸徳川綱條にこれを指摘され、八代将軍の座争いから脱落した。

「そこまでお考えではない。とにかく上様を排したいだけなのだ」

従ってはいるが、姉小路は、感情に任せて動く天英院に危惧を覚えていた。

「困ったお方じゃな」

「なれど、吉宗がいなくなれば、大奥のためになるのはたしかだ」

「それはそうだの」

吉宗による倹約は、大奥を痛めつけていた。女中の数を減らされただけでなく、大奥の予算も大幅に削られた。

それだけで吉宗は満足していなかった。

「このままいけば、大奥の局一棟が失われる」

松島が告げた。

建物は使っていなくとも傷む。どうしても修繕などの手間と費用がかかる。女中たちの激減で大奥には空き建物が増えていた。

空いているので、潰されても影響はないはずであった。だが、現実は違った。買いあさった着物や道具など、己の局へ入りきらなかった上臈や中臈が、勝手に物置代わりに使っていた。

さらに局をもらえる身分ではない下級女中たちが、自室として住み着いてもいた。もし、建物を潰すとなれば、これらの道具や人が動かなければならなくなる。

人はまだいい。単に狭いから逃げているだけで、もともとの居場所がある。与えられた局だけでは入らないから、道具と人を空き部屋へ移したのだ。建物がなくなるからといって、今の局には持って来ることはできない。道具の移動は無理であった。となれば、捨てるか売り払うかしなければならない。

「また上様に嫌みを言われるな」

「それだけですめばよいがの」

余った道具を売るにも捨てるにも、大奥から出さなければならない。大奥のものや人の出入りは、表の管轄になる御広敷の七つ口なのだ。大奥からものを捨てるには、御広敷に届ける決まりであった。つまり、吉宗へ道具の移動が筒抜けになる。

「まだまだ使える道具を捨てるか。よほど大奥には金が余っていると見える。ならば、もう少し費《つい》えを減らしても大丈夫よな」

綺麗《きれい》な道具が、大奥から出されるのを見た吉宗がこう言い出すのは、火を見るよりも明らかであった。

「お方さまには申しわけないが、上様には替わっていただかねばなるまい」

松島が同意した。松島のついている月光院は、最初から八代将軍に吉宗を推していた。そのおかげで、吉宗から将軍生母にふさわしいだけの待遇を月光院は受けていた。

「次の上様は、どうする。天英院さまにお考えがないように、お方さまは今の上様で満足されておられる。こちらにも候補はおらぬぞ」

「西の丸さまでよいのではないか」

「長福丸さまか」

姉小路の推薦に松島が眉《まゆ》をひそめた。

大奥は本丸だけではなかった。西の丸にもあった。といっても常設ではなく、次代の将軍である嫡子、あるいは前の将軍である大御所《おおごしょ》が西の丸に在しているときだけ置かれた。

今は吉宗の嫡男長福丸が、紀州から連れてきた女中と西の丸にいた。御三家の紀州と西の丸では規模と格式が違う。紀州からの女中だけでは足りず、大奥から何十人かを送りこんでいた。その女中たちからの報せで、姉小路や松島は、長福丸のことをよく知っていた。

「申しあげにくいが、愚昧《ぐまい》だと聞くぞ」

松島が声を潜めた。

吉宗の長男長福丸は正徳《しょうとく》元（一七一一）年の生まれで、六歳になる。生まれてすぐにかかった熱病のため、言語不明瞭となっただけではなく、一つのことに凝《こ》るという偏執《へんしつ》な性分を持っていた。

「英邁《えいまい》ほど、つごうが悪いではないか」

姉小路が述べた。

「……たしかに」

言われて松島が同意した。家康の再来と称賛されている吉宗のために、大奥は散々な目に遭っていた。

「さいわい、長福丸さまは幼い。表に来られることもほとんどなく、毎日西の丸大奥で過ごされているのだ。女に親しんで当然」

そこで姉小路も声を低くした。

「これは、先日妾《わらわ》のもとへ届いた話でな。天英院さまにもお伝えしておらぬことだが」

「なんだ」

ぐっと松島が身を乗り出した。

「長福丸さまは、毎晩、女と同衾《どうきん》なさらねばお休みになれぬそうじゃ」

「馬鹿な。まだ六歳ぞ」

松島が驚愕した。

「もちろん、男女の密《ひそ》かごとをなさっておられるわけではない」

姉小路が否定した。

「ただ一夜中、乳房に吸い付いておられるそうだ」

「母親が恋しいのか」

将軍はもとより、大名、旗本の子供は、生まれてすぐに母から離され、乳母《めのと》の手で育てられることが多い。

「いや」

下卑た笑いを姉小路が浮かべた。

「畏れながら、若さまの一物《いちもつ》はお勃《た》ち遊ばしているそうだ」

「早くないか」

さらに松島が目を剝いた。

「そのへんは、わからぬ。妾は男を知らぬ身じゃ」

京から天英院の輿入れに付き添って来て、そのまま大奥に入った姉小路は、未通《おぼ》女《こ》であった。

「妾は、一度夫を持った身だが……。さすがに六歳の子供はわからぬ」

松島は嫁に行った先で子を産んでいたが、その直後婚家との折り合いを悪くし、離縁されていた。子はいても育てた経験はなかった。

「男とは、そういうものなのだろうよ」

姉小路が断定した。

「まあ、そのへんは置いておくとしてだ。長福丸さまに女をあてがうのが、そう遠くはないと考えてよいのだな」

「さよう」

確認する松島に、姉小路が首肯した。

「まだ道理もわからぬ間に、女を知れば……」

「溺《おぼ》れような」

松島が続けた。

「そうなれば、長福丸さまは、女の言いなりよな」

「だの」

二人が顔を見合わせた。

「なんとしても次の上様にお成りいただかねばならぬな」

「尾張あたりが横やりを入れてこぬか」

懸念を松島が表した。

お家騒動の最中であったため、早々と八代将軍候補から降りた尾張徳川家は、弟の紀州家から将軍が出たことを恨みに思っている。

「主殺しがあったのだ。大きく出てはこられまい」

前藩主徳川吉通《よしみち》は、実母の本寿院《ほんじゅいん》によって毒殺されていた。武家では、実母といえども、前藩主の側室ならば、身分は奉公人扱いとなる。

「表沙汰《おもてざた》にはなっておらぬぞ」

忠を根本とする徳川、その分家の長の家で主殺しがあったなど、口が裂けても言えなかった。

「だからよいのだ。尾張が文句を言い出せば、表沙汰にすると脅せばいい。藩主に前藩主の側室が毒を盛ったなどと明らかになれば、いかに御三家筆頭の尾張といえども無事ではすまぬ。よくて半知《はんち》の上、徳川の名跡剝奪《はくだつ》。悪くすれば、お取りつぶしじゃ」

姉小路が述べた。

「館林卿もだめ、尾張もだめ、水戸は紀州より格下となれば、長福丸さまのご就任に邪魔は入らぬな」

「それまでに長福丸さまへ、女の味を教えれば……」

「大奥が将軍を思うがままにできる」

顔を見合わせて、二人が笑った。

二

桑名の宿場は人であふれていた。江戸と京を行き交う者にとって、名古屋経由はかなり遠回りになるため、熱田と桑名を繫いでいる船は、必須であった。

「大名行列とはかちあわなかったな」

聡四郎はほっとした。

「船の空きを確認して参りまする。それまで宿でお休みを」

馴染みの旅籠に聡四郎と玄馬を置いて、伊之介が出て行った。

「船待ちでございますか」

旅籠の番頭が白湯《さゆ》を出しながら訊いた。

「そうだ」

白湯を受け取りながら、聡四郎はうなずいた。

「人が多いな」

「旅にはよい頃合いでございますので。やはり冬になると、暇になりまする」

番頭が答えた。

徒歩が基本の旅は、気候に大きく左右された。

雨が降れば、足下はぬかるみ、川の水は増える。運が悪ければ、橋のない大井川《おおいがわ》などの渡しで足止めになることもある。冬の野宿は厳しい。冷えこみによっては、凍死することもあるのだ。どうしても宿に泊まる日が増える。そうなれば、金はあっという間に消えていく。野宿のできる春から秋の初めまでが、旅の好機であった。

「船が着くぞ」

町中を金棒を引いた男が駆けていった。

「ちょっと失礼いたしまする」

すっと番頭が腰をあげた。

「さあ、お客さまが来られるよ。しっかりご案内しておくれ」

手を叩きながら番頭が、土間にいた女中と男衆《おとこし》を鼓舞《こぶ》した。

「客引きか」

「失礼をいたしました」

ていねいに番頭が頭を下げた。

「講中《こうちゅう》のお客さま以外は、早い者勝ちでございますから」

番頭が述べた。

「講中とはなんだ」

聡四郎は首をかしげた。

「お武家さまはご存じありませんか」

「まず旅などせぬからな」

武家は主君を持つ。そしていざというときにはその馬前で命をかけて戦わなければならない。その代わり、普段はなにもしなくても禄を給されている。つまり、いつなんどきでも主君の招集に応じられなければならないのだ。遊山旅《ゆさんたび》などできるはずもなかった。

武家の旅は、大名の家臣が江戸と領地を行き来するか、聡四郎のように命じられて移動するかのどちらかしかない。

特例として、武芸や学問の修行のために諸国を回ったり、長崎《ながさき》や大坂へ行くのが許されるていどであり、普通の武家に旅の知識はなかった。

「講中とは、団体でお伊勢参りや、京見物にいくことでございまする。たとえば、江戸のどこかの町内で伊勢参りをしようと思った者が集まり、一定の額を毎月積み立てまする。そしてあるていど貯まれば、講中から何人かを選んで、伊勢参りをするのでございまする。もちろん、残された者も一年なりして、金が貯まれば、出立《しゅったつ》できまする。当然、伊勢参りをすませた者も、講中全員が片付くまで、金は支払い続けまする」

「ほう。互助のようなものか。しかし、その講中と宿がどうかかわってくるのだ」

講中を理解した聡四郎が、もう一つの疑問を問うた。

「指定の宿ということで。どこどこの講中さまは、桑名でうちにお泊まりいただくとのお約束を交わしております。どうしても旅はなにかあるもので。一見《いちげん》さまがほとんどなので、高い料金を請求したり、飯の質を落としたり、そういうあくどい宿屋もままございまする。そういうことのないように、宿を決めておくと」

「なるほど。うまくしたものだ。旅人は安全と安心を、宿屋は一定の客を確保できるか」

聡四郎は感心した。

「遅くなりました。旦那、船の手配がすみやした」

話が終わるのを待っていたかのように、伊之介が戻ってきた。

「ご苦労だったな。番頭、世話になった」

二人をねぎらって聡四郎が立ちあがった。

「少ないが、茶代だ。あまりは、心付けだよ」

すばやく伊之介が小粒を番頭に握らせた。

「これは……お気遣いありがとうございまする」

にこやかに笑って番頭が、宿の前まで見送りに出てきた。

「どうぞ、お泊まりやす」

「布団の綿を打ち直したばかりでございまする」

「名物はまぐりご飯ならば、わたくしどもへ」

湊への道では、袖をからげた女中たちが、船から下りてきた旅人を、一人でも捕まえようと声をあげていた。

「活気があるな」

「船が着いたときだけで。では、道中ご無事で」

苦笑しながら番頭が頭を下げた。

わずかに坂になっている道を、湊へ向かって下っていく聡四郎たちを六人が見ていた。

「宿からの短弓で片が付けば、我らは騒ぎを大きくして、悟市たちの逃亡を助ける。短弓が外されても、水城たちの注意は、そちらに向いている。そこを襲う。他助たちは、湊の入り口で、後詰めを」

「承知」

八郎の説明に、他助たちがうなずいて、足早に離れていった。

「決行は、あの辻を曲がったときだ」

「おう」

矢太郎が首肯した。

船は決まった刻限に出るわけではない。客が集まれば出帆する。半日一艘も来ないこともあれば、間を空けず続けて着くこともある。

また、荷物を載せた船も湊に入ってくる。荷下ろしの人足の行き交いもあり、湊に近づけば近づくほど、人気は多くなっていった。

「角を曲がれば、もう湊で。目の前の船がそうでございまする。さすがに一艘借り切りは無理でございましたので、胴の間《どうま》を押さえました」

伊之介が述べた。

船によって違うが、胴の間の定員は二十名ほどである。その人数分の金を払えば、借り切ることはできた。

「助かる」

交渉ごとは聡四郎にはできない。伊之介に聡四郎は感謝した。

「そろそろだ」

湊を見下ろす宿屋の二階で、悟市が合図した。

「準備はできている」

すでに短弓は組み立てられていた。

短弓は、普通の弓矢の半分ほどの長さのものだ。射程と威力には欠けるが、持ち運びが便利なうえに、速射がきいた。

また、忍の遣う短弓は、暗器《あんき》の一つであり、真ん中から二つ折りにでき、たためば、懐に入るほど小さくできた。

「吾が旗本を、おぬしは従者を。小者は撃つな。一撃で仕留めねば、警戒される」

「承知」

二人の郷忍が、矢をつがえた。

弓での必殺は首を射貫《いぬ》くことであった。短弓で頭を撃つのは下策《げさく》であった。強い弓ならば、頭蓋骨《ずがいこつ》を貫通できるが、短弓では難しい。また、頭の骨は丸い。まっすぐ鏃《やじり》が骨に当たらない限り、滑って皮を裂くだけに終わりかねない。

また胴体は目標として大きいが、うまく心の臓を貫かないと、即死させるのは難しい。

二人は、それぞれの獲物の首を狙った。

「うん……」

聡四郎の首筋に違和感が湧いた。

「殿」

同時に玄馬が叫んだ。

「しゃがめ」

剣士としての本能であった。気配を感じたときは、動く。聡四郎は、腰を落とした。

風を切って、なにかが聡四郎の上を過ぎた。

「伊之介、船へ走れ」

聡四郎は脇差を抜きながら、命じた。

「玄馬」

「承知」

すでに玄馬も脇差を抜いていた。

飛び道具の相手に太刀を抜くのはまずかった。どうしても太刀は重く、長さも相まって小回りが利かない。太刀や手裏剣を受けたり、払ったりするに不便であった。

「ちっ」

初撃がはずれたのを見た八郎が、舌打ちして太刀を抜いた。

「行くぞ」

矢太郎へ声をかけた。

「おう」

二人が走った。

「逃げられたか。援護に変える」

不意打ちだからこそ、短弓の効果は大きい。狙われていると知られてしまえば、威力は半減した。

悟市たちは、聡四郎たちに襲いかかる八郎たちの援護にと短弓を続けて放った。

「あそこか」

飛んでくる矢の方向から、聡四郎は敵の居場所をすぐに見つけた。

「伊賀者でございましょうや」

矢を打ち落としながら、玄馬が問うた。

「でなければ、困るわ」

新たな敵の登場など、聡四郎は考えたくもなかった。

「となれば……」

玄馬が、さっと聡四郎の背中へ張りついた。

「なんだ、なんだ」

巻きこまれた旅人たちが、事情もわからず右往左往していた。

「わっ。刀だ」

何人かが聡四郎と玄馬の手にある白刃に気づいた。

「斬り合いだあ」

旅人たちがさっと散っていく。それに逆らうように近づいてくる八郎と矢太郎は逆に目立った。

「水城は、矢への対応で動けない。相手は従者一人。左右から同時にかかれば、仕留められる。従者がいなくなれば、あとは簡単じゃ」

八郎が言った。

「おう」

うなずいて矢太郎が、少し左へと動いた。

「挟撃する気だな」

二人の意図を覚って、玄馬が前へ出た。

家臣としては、主君の命をなんとしても守らなければならない。玄馬は、聡四郎と離れたところで、二人と対峙した。

「しゃっ」

「はっ」

二人の郷忍《さとしのび》が、息を合わせて、太刀をたたきつけてきた。

修練の忍の一撃は、ほとんど差もなく玄馬の首を左右から狙った。

「おう」

玄馬は右から来た矢太郎の一刀を脇差で受けながら、足を送って、八郎の一撃をかわした。聡四郎の背中から離れていなければ、できない芸当であった。

「やあ」

受けた矢太郎の太刀を、下から押しあげるようにして弾き、玄馬は間合いを詰めた。

「こいつ」

太刀が上へ動いたことでできた隙間へ玄馬に入られた矢太郎が焦った。

刃渡りの長い太刀は、間合いが半間（約九十センチメートル）をきれば、取り回しが悪くなった。対して、脇差は、接近戦で本領を発揮する。

「…………」

玄馬が小さく振った脇差の切っ先が、矢太郎の肘《ひじ》の内側を浅く削《そ》いだ。

「ちいっ」

肘には腕を伸ばすための筋がついている。それを傷つけられて、太刀の動きが狂った。

あわてて落とした矢太郎の太刀は、玄馬の左へと流れた。

「あっ」

矢太郎が驚愕したときには、遅かった。

玄馬の脇差が、矢太郎の右脇腹に刺さり、肝臓を突き破っていた。

「もらった」

一撃を外された八郎は、仲間の仇を取るのではなく、玄馬を無視して、背を向けている聡四郎へ襲いかかった。

「させぬわ」

脇差から手を離した玄馬が、太刀を片手薙ぎに振った。

「おのれっ」

太刀を避けるため、足を止めた八郎の一刀は、聡四郎の背を浅く擦《かす》っただけに終わった。

「じゃまをするな」

あらためて、振り下ろした太刀で斬りあげようとした八郎は、手応えのなさに啞《あ》然《ぜん》とした。

「えっ」

八郎の両手が、手首のところで断たれていた。

「気づくのが遅いわ」

薙ぎで八郎を牽制した玄馬は、手首の返しだけで、太刀の動きを変え、まっすぐに斬り落としたのだった。

玄馬が太刀を突いた。

「はくっ」

心の臓をまともに貫かれて八郎が絶命した。

「小太刀は太刀をまともに扱えて初めて、初等なのだ」

玄馬は立ったまま絶命している矢太郎から脇差を取り返すと、聡四郎と並んだ。

「すんだか」

目をやることなく、聡四郎が訊いた。

「はい。二人」

飛んでくる矢を払いながら、玄馬が答えた。

すでに聡四郎の足下には、十本をこえる矢がたまっていた。

聡四郎は矢をかわせなかった。かわせば、背後にいる玄馬に矢が当たってしまう。いかに名人でも、二人の敵を相手にしながら、背後から来る矢を防ぐことはできない。

「さがるぞ」

聡四郎が指示した。

「よろしいのでございましょうや」

「追っ手までは来まい。辻を曲がれば、弓は使えぬ」

これ以上騒動を起こすのを聡四郎は避けた。

「承知。殿、お先に」

「任せた」

半歩前に出た玄馬とは逆に聡四郎は半歩退いた。

飛び道具相手に背中を見せるわけにはいかない。聡四郎はゆっくり後ずさった。

「玄馬」

辻にたどりついた聡四郎が、呼んだ。

「はい」

玄馬が同様に下がってきた。

「止《や》めだ」

悟市が弓を降ろした。

「よいのか」

「矢の無駄じゃ」

あきれたように悟市が言った。

「追わずともよいのか」

「無理だな。今は、郷へ帰り、お館さまへお報せするべきだ」

悟市が弓を折りたたんだ。

「騒ぎが続いている間に逃げるぞ」

「他助たちは……」

「なんとかするだろう、行くぞ、喜助」

切り捨てるように言って、悟市が宿の二階から、隣家の屋根へ跳んだ。

「このままでは行けぬ」

喜助が首を振った。

「吾は手助けに行く」

悟市とは反対側へ、喜助が降りた。

「ふん」

鼻白《はなじろ》んだ顔で、走っていく喜助を見送った悟市が、屋根の上を駆けて去っていった。

三

船着き場まで騒ぎは聞こえていた。

「始まったか」

「ああ」

船待ちをする商人に化けた他助と佐太が、小声で話した。

「なんだ、なんだ」

船乗りや荷下ろしの人足の気は荒い。もめ事なれば、喜んで顔を突っこむ。多くの人が、湊から離れた。

「この隙に船へ乗りこむか」

客から金を集める船主まで、いなくなっていた。

「それもいいが……海の上では逃げ場がないぞ」

佐太の提案に他助が渋った。

もちろん、忍である。一里（約四キロメートル）を泳ぐことなど容易であったが、船上で聡四郎一行を倒したあと、船から飛び降りるなどすれば、思いきり目立つ。

また、いかに忍とはいえ、水のなかで船乗りに勝てはしない。客を害された船頭の怒りは、二人の忍の命などあっさり刈るだろう。

「ならば、吾が船で、おぬしがそこで待て。この渡し板に水城が乗ったところを襲えば、逃げ場はない。避ければ海へ落ちる。落ちれば刃物は遣えぬ」

「妙手だな」

他助が同意した。

「吾は右から狙う」

すっと佐太が音もなく渡し板を登った。

「ふうう」

ため息をついた他助は、渡し板から少し離れ、背負っていた荷物を置いて、疲れた商人の顔になった。

「船主」

伊之介が駆けてきた。

「さきほど、あちらへ行ったようで」

他助が声をかけた。

「なにをしてやがる」

苦い顔で伊之介が、振り向いた。

「………」

無言で他助が、懐へ手を入れ、棒手裏剣を握った。

伊之介が聡四郎の連れだと、郷忍は知っている。

「まだですかね。船出は」

船の上から佐太が顔を出した。

「……のようでございますね」

他助が手裏剣から手を離した。

「なにがあったのやら。しかし、船主が仕事を忘れては困りますな」

佐太が他助を見つめた。

「たしかに」

他助が首肯した。

「呼んでくる」

伊之介が離れた。

「目的をはき違えるな。ここで小者を殺してみろ、本命に警戒されるだけぞ」

厳しい声で佐太がたしなめた。

「すまぬ。つい、頭に血がのぼった」

叱られて他助が詫びた。

郷忍にとって、一人殺している伊之介も仇であった。しかし、ここで伊之介に手出しするのは、悪手《あくしゅ》でしかなかった。

伊之介を殺すのは簡単であった。問題は、死体の始末である。海に投げこんでも、すぐに沈むわけではない。また、湊のなかは、波もおだやかで、血の跡はなかなか消えない。

「大事の前の小事にとらわれるな。あのような小者、いつでも殺せる」

もう一度念を入れて、佐太が船のなかへ姿を消した。

「待たせたようだな」

船主が戻ってきた。

「一人六十文。荷物は五十四文だ」

待っている他助に、船主が手を出した。

「連れがまだなので、後にしておくれ」

他助が断った。

「いいのか。この船は、胴の間買い切りだ。お大尽《だいじん》さまが乗られたら、出すぜ」

「そのときは、次にするさ」

「次は明日かも知れねえぞ。桑名で一泊するつもりならいいけどよ。旅籠賃より、船が安いぜ」

「これだけ船があるんだ。そんなことはねえよ」

脅す船主に他助が言い返した。

「旦那、こちらで」

伊之介が先頭に立って、聡四郎たちが駆けてきた。

「おっと、お大尽さまのお着きだ」

船主が、出迎えようとした。

「乗るよ。ほい、百十四文」

すでに用意していた小銭を、他助が船主に渡した。

「決めたか。お大尽さまの後にしてくれ」

小銭を懐の腹巻きへ入れた船主が言った。

「ああ」

気怠《けだる》そうに他助が、立ちあがった。

「すぐに出せるか」

「へい」

船頭がうなずいた。

「面倒ごとにかかわりたくない。急いで出してくれ」

一分金を伊之介が船主へ握らせた。

「これはどうも」

喜んで船主が受け取った。

「旦那方が乗られたら、すぐに出発だ。お待たせするんじゃねえぞ」

胴の間買い切りに心付けで、十分と感じたのか、船主は出発の合図もせずに船頭へ声をかけた。

「へい」

船頭が水主《かこ》たちへ顎《あご》で指図し、出帆のために乗り口を離れた。

「どうぞ」

船主が、聡四郎を促した。

「うむ」

首肯して聡四郎は渡し板へと足を進めた。

渡し板は、幅およそ二尺（約六十センチメートル）、ところどころに滑り止めの横板を打っただけの一枚板である。

かなり厚みをもっているとはいえ、人一人支えるのが精一杯であり、乗ればたわんだ。

聡四郎が渡し板の半分まで進んだところで、不意に前から荷物が落ちてきた。

「なにっ」

かわす場所などなかった。聡四郎は咄嗟に腕で荷物を払いのけた。

一瞬とはいえ、荷物で聡四郎の目はふさがれた。

「死ね」

船の上から佐太が匕首《あいくち》を手に突っこんできた。

「なんの」

聡四郎は太刀へ手をかけた。腰に二刀を携えれば、どうしても太刀の柄が前に出る。脇差よりも手がかけやすい。

切っ先を少し短くしたのが、幸いした。太刀は鞘に引っかかることなく、短くなっただけ、早く出た。

「えっ」

太刀と匕首では間合いが違う。佐太は目の前に現れた太刀へと吸い寄せられるように、自らの身体をぶつける形となった。

「ば、馬鹿な。これほど早く太刀が抜けるなど」

胸を貫かれて佐太がうめいた。

「他助なにをしている……今……」

息も絶え絶えになりながら、同僚へ目をやった佐太が、絶句した。

他助が玄馬によって両断されていた。

「がはっ」

口から血を吐いて、佐太が死んだ。

「襲われたばかりで、背後へ注意を払わぬとでも思ったのか、伊賀者」

玄馬が脇差に拭いをかけながら言った。

主君の背中を守るのが家臣である。玄馬は、聡四郎に背を向けて警戒していた。

その目の前で懐に手を入れ、手裏剣を出そうとした他助が斬られたのも当然であった。

「船主、これはおぬしの手配か」

佐太から太刀を抜きながら、聡四郎が責めた。

「と、とんでもございません」

船主があわてた。

「とにかく、船を出してもらおうか。話は海の上でもできる」

伊之介が凄《すご》んだ。

「へ、へい」

かかわらぬが無事と、船主が首肯した。

「殿、ご無事で」

船に乗った聡四郎のもとへ、玄馬が駆け寄った。

「大事ない」

否定しながら、聡四郎は太刀をあらためた。

「かなり短くなってしまったな。もっとも、そのおかげで助かったのだが」

聡四郎は嘆息した。

「江戸で、脇差にしつらえなおすか」

切っ先が傷んだ太刀などを、擦りあげて短くしたあと、茎《なかご》を断って脇差に変えることはままあった。

「船が出る。つかまれ」

船頭が叫んだ。

四十人乗りの船ともなれば、櫓《ろ》でこいだくらいでは動き出さない。帆《ほ》をゆるめに張って、風を使い、離岸するのだ。

「おっと」

動く瞬間、船が少し傾いた。

「どけ、どけ。じゃまだあ」

舳先《へさき》で水主が、湾内に出ている漁師舟へと声を張りあげた。

「なんだか、右へ傾いたままのようだな」

胴の間に座りながら、聡四郎は周囲を見た。

「風の向きではございませぬか。湊から離れれば、帆を十分に使えましょうから、すぐになおるかと」

伊之介が説明した。

「そうか」

聡四郎が納得した。

「他助、佐太……」

船の右外に喜助がぶら下がっていた。

「伏見稲荷も合わせて、八人だと。一人で三人の侍に匹敵すると言われた伊賀の忍が……」

喜助が震えた。

「このままでは、藤林に仕事を頼む者がいなくなる」

すでに乱世は遠くなっていたが、忍の需要はあった。いや、増えていた。というのも、自前の忍をもっていた戦国大名たちが、その維持に金がかかりすぎると手放したからであった。乱世、忍には、毎日でも仕事があった。隣国が攻めてこないか、あるいは、攻める好機なのかを見極めるために、忍ほど適したものはいなかったからである。しかし、泰平になり戦がなくなると、忍の仕事も減る。忍はなんといっても、その育成に手間がかかった。才能のある子供を集め、十年以上鍛えてようやく一人前になるのだ。子を産む女、技を教える男、そして他人目に付かない隔離された郷。莫大《ばくだい》な金が要った。

乱世が終わり、徳川の天下となった。大名たちの領土石高も固定され、増えなくなった。生きていくだけで精一杯だった戦国と違い、泰平になると人は贅沢《ぜいたく》になる。収入は変わらないのに、支出が増える。こうして忍は、真っ先に切られた。

だが、戦がなくなった代わりに、幕府とのつきあい、他の大名とのかかわりを円滑にしなければならなくなった。幕府が計画しているお手伝い普請《ふしん》の現場の状況の調査、年貢を上げたことで不穏な雰囲気となった百姓たちの、連携を崩す。家老同士が、相手の足を引っ張るのにも忍を利用した。

こうして自前の忍を失った大名たちは、代わりに伊賀を使った。常備するのにくらべ、一回あたりの金は高くとも、費用は少なくてすむからである。

郷士として土着した甲賀は、すでに忍としての形態を失っている。上杉《うえすぎ》の軒猿《のきざる》、伊達《だて》の黒はばき、薩摩《さつま》の捨てかまりも忍としての役割を終えていた。残っているのは、伊賀だけであった。

その伊賀には三つの郷があった。

服部、百地、そして藤林である。それぞれが、戦国以前から伊賀に根を張っている国人領主である三家は、ときに連合し、ときに敵対してきた。

伊賀国全体へかかる脅威がない今は、敵対とまではいかないが、協力体制にはない。なぜなら、互いに忍の仕事を奪い合う同業者なのだ。

いくら依頼は途切れないとはいえ、少しでも多く稼ぎたいのはどこも同じである。伊賀は田畑に恵まれず、貧しい土地なため、忍で得る金が、大きな収入源となっていた。

今、藤林の伊賀者が、たった三人の命を奪うのに失敗し、八人も失ったとなれば、依頼はまず来なくなる。

「すでに目はついているはず」

藤林が京での仕事を請け負ったときから、服部と百地の目は張り付いている。もちろん、服部や百地に依頼が来れば、藤林も人を出して、見張らせた。

「もう、服部にも百地にも、失敗は知られた」

喜助が苦い顔をした。

「藤林のお館さまを蹴落とすいい材料だ」

服部や百地は、間を置かず、今回の失敗の噂を流す。そうなれば、藤林に仕事を頼もうとしていた客が二の足を踏み、服部や百地に流れかねない。

「なんとしてでも、取り戻さねば」

船の外板のわずかな出っ張りに手足をかけ、喜助は甲板へと昇り始めた。

四

湊を出た船は帆を全開にして、すべるように走った。

「風向きもよろしゅうございますので、熱田の宮には、早目に着けましょう」

胴の間の入り口から水主《かこ》が報告した。

「完全に怯《おび》えてますよ」

伊之介が苦笑した。

「…………」

聡四郎は嘆息《たんそく》した。

「帆の張りがゆがんでないか」

船頭が水主に確認していた。

「そんなことは、ございませんやね」

水主が返答した。

「そうか。なんか舵《かじ》が左へ取られるんだが」

不審そうに船頭が首をかしげた。

「よしておくんなさいよ。気味の悪い」

嫌そうな顔を水主がした。船乗りは迷信深い。海坊主や船幽霊《ふなゆうれい》を信じてもいる。

「船の周りをちょっと見てみろ」

「へい」

船頭に命じられた水主が、左右の船縁《ふなべり》へと近づいた。

「こっちはなにもござんせんぜ」

左を覗いた水主が報告した。

「右は……」

海面を見下ろした水主の喉に、匕首が突きつけられた。

「なにもないと言え。さもないと殺す」

左手だけで船にぶらさがりながら、喜助が言った。

「……こ、こちらも大丈夫で」

わずかに震えながら、水主が声をあげた。

「気のせいか」

納得いかない顔で船頭が、つぶやいた。

「ゆっくり、下がれ。みょうな動きをしたら、すぐに刺す」

喜助が水主に告げた。

「………」

首を縦に振りながら、水主が後ずさりした。

その水主の身体に隠れながら、喜助が甲板へとあがった。

「ごくろうだったな」

鳩尾《みぞおち》を殴り、水主を気絶させた喜助は、置かれている荷物の陰にその身体を横たえた。

「いた」

喜助が聡四郎を見つけた。

「離れている」

聡四郎と玄馬の位置に、喜助は唇を嚙んだ。聡四郎と玄馬は、一間ほど離れて座っており、間に伊之介がいた。

「一人だけしかやれまい」

匕首で突っこむのは論外であった。まず、近づく前に気配で察知されて、迎撃を受ける。ならばと手裏剣を投げるとする。逃げるときの牽制ではないのだ。確実に一発で仕留めなければならない。慎重に狙いを付ければ、どうしても一拍の間が生まれる。腕のいい剣術遣い相手に、間は致命傷になる。

すでに喜助は生還はあきらめていた。聡四郎と玄馬の二人を倒さないかぎり、喜助の命はない。そして、同時に二人を襲うのは無理であった。

「やはり主をやるべきよな」

仲間を殺した数からいけば従者である玄馬が多い。しかし、従者と主君では価値が違った。主君が旅先で殺害されれば、その護衛でもある従者は生きていられない。遺品を屋敷まで届けたあと腹を切ることになる。それが武家の掟なのだ。

「おい、帆を張り直せ、舵にかかっていた力が消えた」

船頭が、水主に指示した。

「へい」

水主が数人帆柱へと取り付いた。

帆は胴の間の手前にある。水主たちの動きで、船内がざわついた。

「…………」

喜助が手裏剣を懐から出して、聡四郎へ向けた。短弓の矢は使い果たしている。手裏剣の数も少ない。一撃必殺と喜助が息を詰め、手裏剣を握りこんだ右手を振りあげた。

「縄をほどけ。手を離すなよ」

水主頭が、叫んだ。

「おう」

水主たちが、帆柱に付けられていた縄を解《と》いた。

風を受けて膨《ふく》らんでいた帆が、緩んだ。船の速度が、一気に落ちた。

「きゃっ」

乗り合いから女客の悲鳴が聞こえた。

「しまった」

手裏剣を投げようとした喜助の目測《もくそく》が少し狂った。

聡四郎を狙った手裏剣はずれ、伊之介の右肩へ突き刺さった。

「がっ」

伊之介が苦鳴をあげた。

「玄馬。あの荷物の陰だ。逃がすな」

「承知」

怒鳴るような聡四郎の命に、玄馬が動いた。脇差を抜いて、駆ける。

やはり小回りの利く脇差を抜いて、聡四郎は伊之介を背中にかばって立った。

「ちっ。こうなれば道連れだ」

喜助は、懐から袋を取り出した。

忍は敵地で死ぬとわかったとき、その出自を覚られないよう、またなにかの証として使われることのないようにと、顔を潰すだけの火薬を携帯していた。

「火薬だ、玄馬」

「はい」

ためらうことなく玄馬は、喜助へと突っこんだ。大柄な聡四郎に比して、どちらかといえば小柄な玄馬はすばやい。一拍で喜助を間合いに捉《とら》えた。

「こいつ」

小袋から出ていた火縄に火をつけようとしていた喜助が、焦った。

「ついた」

煙草入れに偽造した火入れには、火のついた火縄が入っている。そこに袋から出た火縄を押しつけ、喜助が点火した。

小袋から出ている火縄は短い。喜助が勝ち誇った顔をした。

「やあああ」

ぐっと玄馬が足に力を入れて、一気に前へ出た。

「馬鹿が」

喜助が嘲笑《ちようしよう》を浮かべた。

「えいっ」

下から掬《すく》うように玄馬が脇差を振った。

「……えっ」

戸惑うような声を喜助が漏らした。

脇差が小袋に刺さったのを見た玄馬は、柄を持つ手を緩めた。勢いのまま手元を離れた脇差は、船縁をこえて海へと飛んだ。

すぐに空中で小袋が爆発した。

「なんだ」

音に乗り合いの客たちが騒いだが、別に船が揺れるほどではなかった。忍の自爆用火薬は、その量は多くない。代わりに細かく砕いた石や、折れ釘などが混ぜられていた。これは、爆発の勢いで飛び出した石の破片などで、顔が潰れやすくなるという他に、近づいてきた敵を巻きこむためであった。

「なにっ」

喜助が啞然とした。

「戦いの場で気を抜く。そのようなことだから、伊賀者は勝てぬのだ」

「なにをっ……あっ」

玄馬の言葉に意識を戻した喜助は、冷たいものを胸へ入れられた感触で呻いた。

脇差を離した瞬間、玄馬は太刀を抜き、喜助を突いていた。

「こいつ……」

喜助が玄馬へと手を伸ばした。

「そのまま死に顔を晒すか。熱田で役人に渡してやる」

玄馬が太刀を引いた。

「……かはっ」

傷口から血と空気を漏らした喜助が、よろけながら舷側《げんそく》へと身を傾けた。

「伊賀の恨み……かならず……」

喜助が海へと落ちた。

「動くなよ」

一部始終を見届けた聡四郎が、伊之介を制した。

「己で抜こうとするな。右手を動かせば、肉を傷《いた》めかねないからな」

「す、すいやせん」

伊之介が詫びた。

「殿」

「あいつ一人とはかぎらぬ。警戒を」

「お任せを」

少し腰を落として、玄馬が太刀を構えた。

幸い胴の間は他の乗り合い客のいるところより、高い。玄馬が白刃《はくじん》を手にしていても、見られることはなかった。

「毒は付いていないな」

もし手裏剣に毒が付いていれば、伊之介はもう死んでいる。聡四郎は手裏剣に手をかけた。

伊賀の棒手裏剣は小指の半分ほどの太さの鉄芯の先を鋭く尖らせただけのものである。薄刃の八方手裏剣などと違い、斬り裂く力はないが、その重さで当たれば骨をくだく。

「抜くぞ」

「お願《ねげ》えしやす」

脂汗《あぶらあせ》を流しながら、伊之介が頼んだ。

「……よし」

ゆっくりと聡四郎は手裏剣を抜いた。

「ぐっ」

伊之介が呻いた。

すぐに抜けなかったため、手裏剣に少し肉が巻き付いてしまった。抜くときにその肉を剝《は》がすことになる。

「まだ動くなよ」

用意しておいた手拭いを裂いて、傷口にあて、あまった分でくくりつける。

「まっすぐに刺さっていたおかげで、あまり血も出ていない。しばらく大人しくしていれば、傷はふさがるだろう」

「ありがとうございまする」

手当を受けた伊之介が頭を下げた。

「どうやら、もうおらぬようでございまする」

玄馬が肩の力を抜いた。

「ご苦労だった」

聡四郎は脇差を玄馬へと出した。

「…………」

「持っておけ」

怪訝な表情の玄馬へ、聡四郎が言った。

「とんでもございませぬ」

玄馬が断った。

「吾が持っているより、玄馬が手にしているほうが役に立つ」

無理に聡四郎は押しつけた。

「熱田で刀を買いまするか」

伊之介が言った。

「いや。先を急ごう。問屋場《といやば》で馬の手配を」

幕府の公用旅である。馬はいくらでも使えた。

「あっしは馬に乗れやせんが」

聡四郎に言われて伊之介が戸惑った。

「怪我をしているのだ。駕籠《かご》を使えばいい」

「熱田から江戸まで駕籠なんて贅沢は、とんでもございません」

伊之介が首を振った。

江戸でも駕籠は高い。もっとも江戸に比べれば、街道筋の物価は安いので、もともとの駕籠賃はさほどでもないが、一日乗るとなれば、話は別になる。それに駕籠には駕籠賃以外にも酒手《さかて》などが要った。

「かまわぬ。まずは江戸へ帰ることが肝要《かんよう》だ。拒むな」

反論を聡四郎は封じた。

「承知しやした」

ようやく納得した伊之介が、離れたところから見ている船主へ手を挙げた。

「な、なにか」

おずおずと船主が近づいてきた。

「よろしゅうございますか」

聡四郎の許可を取って、伊之介が語った。

「こちらは、幕府御広敷用人の水城さまだ」

「御上《おかみ》のお役人さまで」

船主が驚いた。聡四郎が懐から鑑札《かんさつ》を出した。

幕府役人の権威は大きい。各藩の藩士や代官では、幕府役人を拘束するのは難しい。身分を明らかにすることで、これ以上の騒動を避けたのであった。

「熱田まで急いでくれるように」

「へ、へい」

聡四郎の求めに、船主がうなずいた。

一人伊賀へ戻った悟市を藤林耕斎が睨みつけていた。

「六人がかりでだめだっただと」

「申しわけもございませぬ」

悟市が小さくなった。

「林《りん》」

「ここに」

悟市の少し後ろに、女忍が湧いた。

「どうであった」

「最後の喜助がどうなったかは、不明ながら、おそらく……」

林は今回の見届け役であった。

「そうか。林、悟市と二人で、皆へ話をしておけ。江戸まで出てもらう」

「承知」

「はい」

二人が耕斎の前から消えた。

「江戸となれば、御広敷伊賀者の手を借りねばならぬか」

耕斎が苦い口調で呟いた。

熱田から馬と駕籠を使って、聡四郎たちは江戸へ三日で戻った。

「後日、礼をする」

品川で馬をおりた聡四郎は、伊之介と別れ、本郷御弓町《ほんごうおゆみちょう》の屋敷へと帰った。

「帰ってくるなら、品川から報せをよこしなさい」

玄関をあがったところで、聡四郎は紅《あかね》から叱られた。

「すまぬ。報せを出す余裕がなかった」

聡四郎は詫びた。

「玄馬、今日はもういい。明日も一日休んでいい」

「はっ。では、これを」

脇差を玄馬が返そうとした。

「返さなくともいい。吾が家にはいくつか差し替えがある」

「しかし……」

「失った脇差の代わりだ」

「……では、ありがたく」

玄馬が脇差を押しいただいた。

「どういうこと」

紅の声が低くなった。

「傷が……」

聡四郎の鬢にできた傷跡を紅が見つけた。

「あとで説明する。まずは玄馬を休ませてやれ」

「あ、ごめんなさいね、玄馬さん」

言われて紅が頭を下げた。

「いえ。では、これで」

玄馬が下がっていった。

「そろそろ玄馬さんにもお嫁さんを世話してあげなければね。一人で長屋へ戻って、掃除して、お風呂焚《た》いては辛《つら》いでしょう」

「だな。よい娘がおればいいが……」

妻の言葉に、聡四郎は同意した。

「とにかく、お着替えを。そのあとゆっくりお話を聞かせてもらうから」

「ああ」

追及する気の紅へ、聡四郎は首肯した。

聡四郎が屋敷に入ったのを、吉宗はその夜に知った。

「生きて帰ったか」

「はっ」

報せを持ってきた御庭之者川村弥五左衛門《かわむらやござえもん》が、うなずいた。

「四度伊賀者の襲撃を受けたとのこと」

「ほう。四度も。よく伊賀がそれだけの人数を出せたものだ」

吉宗の驚きは、撃退した聡四郎の腕ではなく、四度刺客を送った伊賀へ向けられていた。

「御広敷伊賀者が出したのは、二度だけでございまする」

「勘定が合わぬぞ。小普請《こぶしん》伊賀者とか明屋敷《あきやしき》伊賀者が手を貸したのか」

川村の言葉に吉宗が怪訝な顔をした。

「いいえ。伊賀の郷からでございまする」

「伊賀の郷だと」

吉宗が目を細めた。

「どうやら御広敷伊賀者だけでは手がたりぬと、郷に応援を頼んだようで」

「藤川と申したか、御広敷伊賀者の頭は。まんざら馬鹿ではないようだな」

説明に吉宗が反応した。

「己でできぬならば、人手を借りてでも達成する。そうでなければ、ものの役に立つ者とは言えぬ。御広敷伊賀者の認識を変えねばならぬか」

吉宗が述べた。

「いつ登城してくるかの、水城は。それに対して御広敷伊賀者はどう動くか。大奥を見張るべき伊賀者の目を引きつけている。それだけでも、千石の値打ちはある。少し、加増《かぞう》してやるか」

小さな笑いを吉宗が浮かべた。

第五章　過去の闇

一

聡四郎が吉宗から与えられた日数は二十日であった。しかし、聡四郎は往復と京での滞在をあわせて十五日で江戸へ戻った。

「五日あるか」

すぐに吉宗へ報告すべきとわかってはいたが、まだ調べなければならないことがあった。中途半端な状況報告を、吉宗は許さないと聡四郎は身に染みて知っていた。

「これも確認せねば」

聡四郎の手には、京まで送られてきた吉宗の手紙があった。

「会津公の諡《おくりな》。初代保科正之《ほしなまさゆき》公が土津《はにつ》霊神。二代目正経《まさつね》公が宣山休公鳳翔院、幸

松、正之公の長男、五歳で夭折《ようせつ》された方が、清見院日浄台霊。やはり正之公の次男の正頼公が、岩彦霊社。五男、正純公が石彦霊社。そして久千代さまが真照院玉峯宗雪。神道《しんとう》と仏道《ぶつどう》が混在している」

珍しいことだが、ないわけではなかった。

徳川将軍家がそうである。初代徳川家康の諡が、東照大権現《とうしょうだいごんげん》である。祀られているところが東照宮《とうしょうぐう》と称されていることからもわかるように、これは神道の称号である。

もっとも、二代将軍秀忠の台徳院殿興蓮社徳譽入西大居士、三代将軍家光の大猷院殿贈正一位大相国公、以降七代将軍家継の有章院殿照蓮社東譽徳崇大居士まで、全員が仏道に変わるが、神道と仏道が混在しているのは確かであった。

「会津初代保科正之さまは、二代将軍秀忠さまのお子さま。三代将軍家光さまの弟にあたられる」

聡四郎は、手紙に付けられていた会津松平家の家譜《かふ》を開いた。

水城家は関ヶ原以前に、徳川家の家臣となった譜代である。主家にかかわる系譜は、常識として知っていた。

保科正之は、将軍の息子とは思えぬ流転《るてん》の半生を送った。二代将軍秀忠が、奥女中に手を付けて生ませた保科正之は、生まれたときから命を狙われた。秀忠の正室お江与の方が、己の血を引く子供以外を許さなかったからだ。

実際、秀忠と側室の間に生まれた長男の長丸は、二歳でお江与の方によって殺されている。秀忠との間に七人の子供をもうけたお江与の方は、夫の浮気を決して見逃さなかった。

長丸のことで、震えあがった秀忠は、長く他の女を求めなかった。その秀忠が、女中の静《しず》に手を出した。

庭を見ているときに供をしていた静を四阿《あずまや》で抱いたとも、お江与が寵愛《ちょうあい》していた三男忠長《ただなが》と過ごしている隙を狙ったともいわれるが、数回の逢瀬《おうせ》で静は子を宿してしまった。

懐妊を告げられた秀忠は驚愕し、静をさっさと大奥から出した。しかし、将軍の子を妊娠している女を、そのまま巷に放り出すことなどできなかった。それこそ、将来に禍根《かこん》を残すようなものだからだ。そこで、秀忠は、武田《たけだ》信玄《しんげん》の次女で穴山梅雪《あなやまばいせつ》の妻となった見性院《けんしょういん》に静を預けた。当時、見性院は、徳川家康の奨《すす》めに従い、江戸城北の丸に庵《いおり》を結んでいた。

江戸で生まれ、見性院の手で育てられた保科正之だったが、大奥と北の丸ではあまりにも近い。やがて正之のことが、お江与の方に知れた。

「由緒《ゆいしょ》なき子なれば、放逐《ほうちく》なされよ」

「もらった以上吾が息子なり」

お江与の方の引き渡し要求を突っぱねた見性院だったが、その後も執拗《しつよう》な追及を受け続けた。

「このままでは……」

見性院は正之の命を危ぶみ、一門で信州《しんしゅう》高遠《たかとお》藩主の保科正光《まさみつ》のもとへ養子に出した。

のち養父の跡を継いで信州高遠藩主となった正之は、他姓を継いだことで将軍継嗣《けいし》から離れた。これが、弟に三代将軍の座を奪われそうになっていた家光との距離を近くした。家光は野望の持ちようがない弟をかわいがり、寛永《かんえい》八（一六三一）年、正之が家督を継いで高遠藩主となると、従五位からすぐに四位侍従へ任官させた。三万石の小大名としては異例の高官であり、これは正之を将軍の一門と公言したも同然であった。

さらに五年後の寛永十三年には、出羽山形《でわやまがた》二十万石に転じ、さらに寛永二十年には陸奥会津《むつあいづ》二十三万石へ封《ほう》じた。

正之も家光の信頼によく応えた。

家光が死に際して、正之へ「家綱の補佐を」と頼んだのを受け、傅役を務めただけでなく、家綱の政も支えた。

また、領民を大切にし、良政を布《し》いた。

生前に神として祀られかけたことからもその人柄がわかる。正室の恨みで殺されるはずであった妾腹《しょうふく》の息子は、本家を支える大きな柱になったのだ。

将軍の弟として順調な出世をした正之だったが、子供には恵まれなかった。まず、嫡男が五歳で死亡、その後を受けた次男正頼も十八歳で若死にした。また、三男は生まれてすぐに、五男正純も二十歳で亡くなっていた。ほかにも次女、三女、六女、七女、八女、九女が早世《そうせい》していた。

藩主を受け継いだのは、四男の正経であった。

「正之さまが子の死はあまりに多い」

聡四郎は目を疑った。

じつに六男九女のうち、十人が亡くなっている。正頼と正純、四女を成人したと考えても、八人は十歳に満たない年齢で死んでいる。

「町人や御家人《ごけにん》ではないのだ。会津公といえば、御三家に匹敵する家柄。奥医師が派遣されてもおかしくはない。なのに、この死者の数」

「どうかしたの」

白湯《さゆ》をもって紅が入ってきた。

昨夜は久しぶりに同衾《どうきん》した。そのせいか、紅の声も少し柔らかくなっていた。もっとも、寝るまでの間、さんざんに旅のことを問い詰められた聡四郎にしてみれば、疲れが増えたようなものであったが。

「こんなに子供が死ぬものかと思ってな」

聡四郎は会津の名前を出さずに話した。

「……多すぎる」

紅が顔をしかめた。

「親にとって子に先立たれるほどの不幸せはないのよ。どれだけ辛い思いをなさったのでしょう」

気の強い女だが、町屋の育ちである。情に脆《もろ》い。紅は涙を浮かべていた。

「辛いだろうな」

まだ子供のいない聡四郎だが、もし吾が子に先立たれたらと思うだけでも、背筋が寒くなった。

「無事に成人されたのが、二代藩主となる四男の正経、のちに三代藩主となる六男の正容、姫が二人だけ」

　もう一度聡四郎は家譜を見た。

「二代藩主も三十六歳で亡くなっている」

　正経の項目を再確認して聡四郎は、嘆息した。

「しかし、みょうな」

「なにが」

　白湯を口にした紅が問うた。

「十八歳で死んだ次男も、二十歳で亡くなった五男も神道の祭祀で葬られているのに、二代藩主となった四男は仏道」

「藩主は仏道と決まっているのじゃないの」

「初代藩主は、次男、五男よりも後に死んでおられるが、神道で祀られている」

「四男さんだけ、神さん嫌いだとか。たとえば、お母さんの出がお寺だとか」

「母がか」

　言われて、聡四郎は正経の母の項目をめくった。

「違うぞ。母どのは、京の神社の神官の娘とある」

「変ね」

紅が首をかしげた。

「お父さんもお母さんも神道なのに、息子だけが違うなんて」

「両親だけではない。兄も弟も神道だぞ」

もう一度確認して、聡四郎は言った。

「お大名でしょう。だったら、兄弟といえどもお母さんが違うことも……」

「同じだ。じつに、この聖光院《しょうこういん》というお方は、四男五女を産んでいる」

「すごい……九人も。わたしは無理だから」

目を剝いて紅が首を振った。

「吾も、そこまで産んでくれとはいわぬわ」

苦笑しながら、聡四郎は家譜を読み返した。

「ねえ。その四男五女のうち、何人が早世したの」

「二十歳をこえたのは、わずかに三人だ」

「六人も……」

紅が息をのんだ。

「最初の男子は、十八歳のおり、明暦《めいれき》の大火の消火の陣頭指揮の際に水を浴びたことで、肺炎を起こしたことが原因で死んでいる」

「振り袖火事ね」

すぐに紅が言った。江戸の町を焼き尽くした明暦の火事は、若死にした娘の供養にと焼いていた振り袖が風に舞って寺の本堂の屋根へと落ち、そこから始まったことから、振り袖火事と呼ばれていた。

「八百余りの町が焼け、十万人以上が死んだ大災害でしょう。無理もないことね」

紅は江戸の人足《にんそく》を一手に引き受ける人入《ひとい》れ問屋相模屋《さがみや》伝兵衛《でんひょうえ》の一人娘である。火事があれば、人手がいる。相模屋は火事のあと、それこそ猫の手も借りたいほど忙しくなるのだ。江戸の火事がどれだけ悲惨なものか、よく知っていた。

「長女が……うん」

「どうかした」

様子のおかしくなった聡四郎に、紅が尋ねた。

「嫁に行った娘が、実家に里帰りしたところで毒殺されている」

「な、なんで」

紅が絶句した。

「わからぬ。さすがに娘のことまでは、のっていない」

聡四郎は首を振った。

「調べねばなるまいな」

重い声で聡四郎は呟いた。


調べるといったところで、すでに会津藩とは接触してしまっている。会津藩出入りもしている舅《しゅうと》相模屋伝兵衛に無理を言って用人を紹介してもらった。

しかし、あまりよくない形で会合は終わっている。これ以上つきまとえば、相模屋伝兵衛に迷惑をかけかねない。

「今度は上杉か」

毒殺された聖光院の娘媛姫《はるひめ》は、上杉綱勝《つなかつ》のもとへ嫁いでいる。あいにく、子をなすことなく死んでいるため、上杉家に聖光院の血は入っていない。

「上杉に訊くというわけにもいくまいなあ」

聡四郎はため息をついた。

上杉家は会津藩に恩があった。媛姫を亡くしたあとの上杉綱勝も不審な死に方をしていた。これは、江戸で大評判の歌舞伎『仮名手本忠臣蔵《かなでほんちゅうしんぐら》』のもとともなった赤穂浪士《あこうろうし》討ち入りに繋がる話であり、知らない者はいないほど有名であった。

綱勝は、茶友で妹の嫁ぎ先でもある吉良上野介《きらこうずけのすけ》の屋敷を訪ね、接待を受けた帰途、腹痛を訴え、回復することなく急死したのだ。まだ二十六歳の若さだった綱勝は、世継ぎを決めていなかった。跡継ぎなきは断絶《だんぜつ》が幕府の祖法《そほう》である。当然、上杉家も改易の危機に見舞われた。上杉は、幕政に多大な影響力を持つ保科正之を頼った。死したとはいえ、娘の嫁ぎ先でもあった上杉家の願いに、保科正之は動き、末期《まつご》養子の禁を緩《ゆる》めて、上杉家を救った。綱勝の妹と吉良上野介の間に生まれた嫡男を上杉家の養子とし、跡を継がせたのである。もっとも、傷なしとはいかなかった。上杉は、半知《はんち》を削られ十五万石となったが、それでも存続できた。この恩を義理堅さが家風の上杉は忘れていなかった。

「となれば……」

家譜へ聡四郎は手を伸ばした。

「事情を知っていて、家譜にのっている人はすでに死んでいる。しかし、当時の事情を知るもちろん、家譜にのっている人はすでに死んでいる。しかし、当時の事情を知る人はまだ何人も生きている。

「媛姫さまの毒殺は人違いだと書いてあった。吾が娘より家格も家禄も多い前田家へ嫁に行った妾腹の松姫《まつひめ》さまを殺そうとして聖光院がまちがえたというが……それが本当ならば、前田家は聖光院にいい気持ちを持ってはいまい」

幸い、前田家の上屋敷は、聡四郎の家から近い。

「断られてもともと、訪ねてみるか」

聡四郎は、出かけることにした。

「お供は」

「すぐそこだ。要らぬ」

大宮玄馬の問いに、聡四郎は首を振った。

妻の紅は、朝から品川の伊之介のもとへ行っていた。怪我の見舞いと道中費用の精算のためである。

「しかし、伊賀者が……」

玄馬が渋った。

「吾が江戸へ戻ったことは、すでに上様はご存じじゃ。道中で何度も伊賀者が襲ったこともおわかりぞ。その吾が江戸で害されてみろ。御広敷伊賀者がやったと名乗るようなもの。上様が、お見逃しになるわけはない。あやつらもそこまで愚かではあるまい」

聡四郎は大丈夫だと話した。

「行ってくる」

まだ不満そうな玄馬を置いて、聡四郎は屋敷を出た。

本郷御弓町から東へ向かえば、目の前に巨大な屋根が見えてくる。加賀百万石前田家の上屋敷であった。

武家屋敷の門は、当主、一門一族の出入り、あるいは、勅使《ちよくし》、将軍、その代理などを迎えるとき以外は閉じられていた。

聡四郎は前田家の表門の右隣に作られた潜り戸を叩いた。

「どなたか」

門脇の無双窓《むそうまど》が少し開いて、誰何《すいか》の声がかかった。

「御上《おかみ》御広敷用人水城聡四郎でござる。少しお伺いしたいことがござり、ぶしつけながら参上つかまつった。御用人どのか、留守居役どのにお目にかかりたい」

聡四郎は名乗り、用件を述べた。

「御広敷用人さま……しばしお待ちを」

無双窓が閉まった。

いかに百万石の太守《たいしゅ》といえども、将軍の家臣という立場でいえば、聡四郎と同じであった。門番があわてたのも当然であった。

「すぐに用人が参りますれば、どうぞ、なかへ」

少しだけ大門が開かれた。

大門を開け拡げてしまうと、聡四郎を、正式な藩主と対等な客として迎えたことになる。不意の来訪で、しかも藩主でなく用人への面会を求めた聡四郎への対応としては、理にかなっていた。

かといって旗本を潜り戸から招き入れたとなれば、あとあと問題になりかねない。そこで、大門を開ききらず、迎えることで、正式な客ではないが、礼を尽くしたとの形をとったのであった。

「ごめん」

聡四郎は屋敷のなかへ入った。

「こちらでしばしお待ちを」

門番は、聡四郎を玄関へと案内した。藩主の許可を取らないと、本殿の客間へとおすことはできなかった。玄関で庭を見ている風にするのが、もっとも問題なく、客を待たせる方法であった。

「お待たせをいたしました。当家用人斎藤《さいとう》主税《ちから》にございまする」

小走りに中年の加賀藩士が駆けてきた。

「水城聡四郎でござる」

あらためて聡四郎も名乗った。

「水城さまとおっしゃいますと、上様の……」

斎藤がおずおずと訊いた。

「奥方さまが、上様のご養女さまで」

「……さようでござる」

一拍の間をおいて、聡四郎は首肯した。

加賀や薩摩、仙台《せんだい》は幕府にとって、脅威の存在であった。また、加賀や薩摩、仙台から見て、幕府は恐怖であった。

幕府の機嫌次第では、藩が潰れるか、転封《てんぽう》、減封されかねないのだ。それを防ぐには、幕府の機嫌を損ねないことが肝要《かんよう》である。外様《とざま》の大藩《たいはん》たちは、幕府のささいな事象にまで気を配っていた。聡四郎のことも、知っていなければ、大藩の用人などやってられない。

「どうぞ、こちらへ」

あわてて斎藤が、聡四郎を客間へと先導した。

「あいにく、加賀守、国入りの最中でございますれば、ご挨拶いたしかねまする。

今、江戸家老をここへ」

客間の下座に座って、斎藤が詫びた。

加賀藩の用人ともなれば、与えられる石高も千石をこえる。しかし、どれだけ高禄であろうとも、陪臣《ばいしん》なのだ。直参旗本である聡四郎からすれば、一段下になる。

「お気遣いなく」

聡四郎はていねいに断った。

「少しお話を聞かせていただければ」

「どのようなことでございましょう」

斎藤が緊張した。

五百五十石とはいえ、聡四郎は八代将軍吉宗の義理の息子である。いつでも吉宗に会うことができる。加賀藩にしてみれば、そのへんの譜代大名よりも面倒な相手であった。

「ご正室松姫さまについて、お詳しいお方がおられれば」

「奥方のことで……」

予想していなかったのだろう、斎藤が驚愕した。

「奥方さま、直接のことではないのだが、そのご実家について、少し」

「会津侯さまでございまするか」

斎藤が、さらに目を剝いた。

「でございましたら、保科さまのところへ」

「すでに一度おうかがいいたした」

聡四郎が答えた。

「いかがでござろうか」

「……しばしお待ちを。ごつごうをうかがって参りまする」

少し思案して斎藤が、客間を出て行った。

「どうぞ」

それを待っていたかのように、若い藩士が茶と茶菓を持ってきた。

「かたじけない」

聡四郎は軽く一礼した。

出された茶がなくなってかなり経ったころ、ようやく斎藤が戻ってきた。

「お庭の用意ができましてございまする」

用件に触れず、斎藤が聡四郎を促した。

「拝見しよう」

すなおに聡四郎は立ちあがった。

二

加賀百万石の上屋敷である。その敷地は十万坪をこえる。大きな泉水を中央に配した庭園は見事なものであった。

聡四郎は、斎藤に連れられて、庭園の奥、泉水側の四阿《あずまや》へと案内された。

「お連れいたしましてございまする」

斎藤が泉水の前に膝をついた。

「…………」

四阿のなかから、女中が一人現れた。

「どうぞ、なかへ」

女中が、聡四郎を誘《いざな》った。

「……ごめん」

事情はわからないが、なかへ入らないことには、話が進まない。聡四郎は、したがった。

「水というのはよいものですね。人の心を穏やかにしてくれまする」

なかに、一人の年老いた女性《にょしょう》がいた。

「さようでございますな。かといって、一時といえども同じ顔をしておりませぬ。風によっても変わり、雨を受けても違いまする」

不意に話しかけられて、聡四郎は返した。

「女と同じでございまする」

年老いた女性が、聡四郎へ顔を向けた。

「前田家老女弥須《やす》にございまする」

微笑みながら、優雅に弥須が頭を下げた。

「あなたは」

「松姫さまのお輿入れに付いてまいった者でございまする」

「えっ」

聞いた聡四郎は驚愕した。

前田家に嫁入りした保科正之の四女松姫は、十九歳の若さで死去していた。子をなさずして死んだ正室の付き人は、そのまま実家へ帰されるのが慣例であった。

「殿が、わたくしをお気に召してくださいまして……」

弥須が頬を染めた。

「なるほど」

輿入れに伴ってきた妻の付き人に手を出す。これは、どこの大名でもままあることであった。聡四郎は納得した。

「どうぞ、お座りになられませ」

弥須が、四阿の腰掛けを勧めた。

「よろしいのでございまするか」

主君の側室が男と四阿で同席する。武家では不倫と糾弾されてもおかしくなかった。

「かまいませぬ。とうにお褥《しとね》は辞退しておりまする。このような年老いた女相手に、騒ぐほうが、はしたない」

あっさりと弥須が言った。お褥辞退とは、三十歳をこえた側室が、閨《ねや》へ侍《はべ》るのを遠慮することだ。高年齢での出産は、母子ともに危険になるため、一定の年齢になると、側室は代わりの女を推薦して身を退くことになっていた。

「といったところで、あまりときはかけられませぬゆえ、お話を伺いましょうぞ」

弥須が促した。

「では、遠慮なく」

聡四郎は媛姫の名前を出した。

「媛姫さまのことでございましたか」

とたんに弥須の表情が曇った。

「すこしだけお暇をいただきまする」

そう言って弥須は、庭を見た。

「…………」

黙って聡四郎は待った。

「…………」

どのくらいしたか、十分煙草を数服吸うほどのときを使って、弥須が聡四郎へと目を戻し、無言で一礼した。

「この歳になっても、まだ心は揺れるのでございますね」

弥須が口を開いた。

「わたくしを訪ねてこられた。つまり、あるていどの事情はご存じだと」

「書付《かきつけ》になっている分だけでございまするが」

「さすがは、上様の婿どの」

聡四郎の謙遜《けんそん》に、弥須が感嘆した。

「では、本来死ぬべきであったのは、媛姫さまではなく、松姫さまであったことも」

「…………」

声を出さず、聡四郎はうなずいた。

「上様はご存じであらせられまするので」

「わかりませぬ。なにも仰せにはなられませぬゆえ」

聡四郎は首を振った。

「さようでございますか」

小さく弥須は嘆息した。

「あなたはここに来られた。それは上様もご存じのこと」

弥須が言った。

「…………」

聡四郎はなにも応えなかった。言える立場ではなかった。

「もう、どなたもこの世にはおられませぬ。真相があきらかになったところで、影響はあまりないのでございましょう」

一度弥須が、言葉をきった。

聡四郎は、弥須の聡明《そうめい》さに息を吞んだ。通常、お褥辞退をした側室は上屋敷ではなく、中屋敷か下屋敷に移り、往年を懐かしんで慎《つつ》ましく生活していく。しかし、弥須は上屋敷に残された。これは、前田綱紀《つなのり》が弥須をそれだけ寵愛している証拠でもあり、それに応えるだけの資質を持っているとの証でもあった。

「それに松姫さまが、芳紀十九歳というお若さで亡くなったのも、もとはといえば、あのお方のせい」

重い声で弥須が述べた。

「松姫さまは、目の前で媛姫さまが亡くなるのを見られた。そして、その毒が、本来姫さまに使われるものだったと知ってしまわれた。それがまだお若い姫さまにどれだけの衝撃であったか」

媛姫が毒殺されたのは、松姫が前田家へ嫁ぐ前日であった。松姫は婚姻前に、江戸屋敷にいた一族と最後の別れをするための茶会で、惨劇に遭遇した。

血を吐き苦悶《くもん》する姉、そしてその毒が己へ盛られるはずだった。そう知った松姫は、前田家に移った後も、恐怖の余り、食事も満足に摂れぬようになり、衰弱して亡くなった。

「……あの方は、ただ正室の地位にこだわられただけだったのでございまする」

大きく息を吸って落ち着いた弥須が話し始めた。

あの方が誰を指すのか、すぐに聡四郎は覚《さと》った。

「初代さまの側室だったあの方は、ご正室さまの死によって、継室となってしまった」

淡々と弥須が語った。

「お方さまは、もとは京の上賀茂《かみがも》神社の神官の娘。父御は、低いとはいえ官位を持つ身分」

「どこでお知り合われたのでございましょう」

会津藩主と京の神官の娘では、接点がなかった。

「あのお方は、東福門院《とうふくもんいん》さまの女官であったのです」

問われて弥須が応えた。

東福門院とは、後水尾《ごみずのお》天皇の中宮《ちゆうぐう》となった二代将軍秀忠の五女のことである。

「望まれてとはいえ、中宮の女官から、会津藩主の側室。不満足であったのでしょう。継室となって、ようやく満足された」

「身分にこだわられた」

「はい」

静かに弥須が首肯した。

「それが己だけで終わらなかった……」

哀しそうな顔で弥須が目を閉じた。

「正室の子こそ、正統。あのお方はそう考えられ、動かれた」

そこまで口にしたところで、弥須が不意に訊いた。

「水城さま。あなたは、何宗でございまする」

「代々の浄土宗《じょうどしゅう》でございまするが……」

怪訝な口調で聡四郎は告げた。

「仏門でございますね」

「さようでございまする」

確認に、聡四郎はうなずいた。

「仏道では、人は死ねば極楽へ行くか地獄へ落ちるか」

「…………」

なにが言いたいのかわからず、聡四郎は聞くだけにした。

「神道では死者は皆、神になりまする」

「ほう」

聡四郎は感心した。徳川家康のように功績のあった者だけが、神として祀られる
とばかり、聡四郎は考えていた。

「ただ、神には二種類ありまする」

感情を抑えた目で弥須が、聡四郎を見た。

「二種類の神になると」

聡四郎も見つめ返した。

「ただの神と、祟り神」

「祟り神……」

予想していなかった言葉に、聡四郎は息を吞んだ。

「そろそろお昼でございますね。斎藤」

「はい」

弥須が用人を呼んだ。

「水城さまに膳を。わたくしは、これで失礼するゆえな」

「承知いたしましてございまする」

斎藤が、受けた。

「お目にかかれてうれしゅうございました」

やわらかく笑いながら、弥須が別れの挨拶をした。

「こちらこそ、すばらしいお庭を拝見いたしました」

これ以上話す気はないと宣した弥須を聡四郎は引き留めなかった。

「またおいでなされませ。今度は殿のおられるときに」

「吾が家にも是非お足をお運びくださいませ」

誘われれば返す。礼儀として聡四郎は口にした。

「…………」

微笑みながらうなずいて、弥須が去っていった。

「どうぞ、こちらへ」

弥須の姿が消えるのを待っていた斎藤が、聡四郎を誘《いざな》った。

「お世話になる」

藩主お気に入りの側室の命である。もし、聡四郎が昼食を断れば、斎藤の接待が悪かったとなりかねなかった。

客間で聡四郎は、一人で味気ない昼食を摂った。

夕刻になって、紅が戻ってきた。

「どうであった」

聡四郎は、伊之介の様子を訊いた。

「少し待って。汗掻いたから」

紅が聡四郎を止めた。品川から本郷御弓町までは、かなり距離がある。それこそ、女の足では一日かかる。日が暮れ前に戻ろうとすれば、紅といえどもかなり早足にならざるを得なかった。

そそくさと紅が奥へと入っていった。

水城家の屋敷は、さして大きいわけではなかった。母屋《おもや》と離れ、家臣や奉公人の長屋の三つからなる。母屋に聡四郎と紅が住み、離れで聡四郎の父功之進《こうのしん》、隠居して林斎《りんさい》と名乗ったが、起居《ききょ》していた。

一応旗本の屋敷である。表と奥の区別はあった。といっても、大奥のように間を区切るものなどない。聡四郎と紅が身体を重ねるのも、その日によって、聡四郎の起居する表書院《おもてしょいん》が紅の寝室に替わるくらいである。だからといって、今、紅の寝室まで追いかけるわけにはいかなかった。それこそ、気の強い紅に蹴り出されかねなかった。

「少しかかりそうだな」

聡四郎は座った。

「祟り神……」

今日弥須から聞いた話で、聡四郎は悩んでいた。

もちろん、弥須が裏に含んでいたことには気づいていた。弥須は、保科正之の継室、お万《まん》の方、後の聖光院が、媛姫の毒殺にかかわっていたことを伝えていた。

「身分か」

松姫の母は身分は低い。吉宗から与えられた家譜によると、松姫の母おしほの方は会津松平家に五十両の扶持で仕える軽輩《けいはい》の娘であったとなっていた。

「京の出とあるが……もし、おしほの方が、聖光院に付いてきた下働きの女中であったとしたら」

己よりはるかに身分の低いおしほの方が産んだ娘が、外様大名の最高峰、前田家へ嫁した。対して、吾が腹を痛めた媛姫は、上杉家の正室である。もちろん、上杉家は名門である。その祖である不識庵謙信《けんしん》公は、武神とまで讃《たた》えられている。普通に考えれば、なんの問題もない。しかし、上杉家と前田家では、石高の差が大きすぎた。

加賀前田家の百万石は、三十万石の上杉家の三倍以上になる。城中での席も、加賀の前田家が、大廊下であるのに対し、上杉家は大広間と二段ほど低い。

「それが許せなかったのか」

そして、聖光院は、松姫を殺すことで、媛姫より格上の家へ嫁いだという事実をなかったものにしようとした。だが、どこでどう手違いが起こったのか、毒が入っていたのは、吾が娘媛姫の茶碗であった。

「お待たせ……またなにか抱えこんでいるの」

着替えた紅が書院へ戻ってきた。

「いや。それより伊之介は大事ないのだな」

「あの程度のことで、どうにかなるようでは、相模屋の番頭なんぞ務まらないの」

紅が笑った。

三

二十日の日程を消費する当日、聡四郎は登城した。

「ようやくお戻りか。無任所《むにんしょ》なお方はよいな」

同役の小出半太夫が嫌みを言った。

「上様へお目通りを願って参る」

一度顔を出しただけで、聡四郎は座ることもなく、御広敷用人部屋を後にした。

「御用人さま」

出たところで、御広敷伊賀者頭の藤川義右衛門が待っていた。

「なんだ」

冷たい顔で聡四郎は応じた。

「京で成果はございましたか」

「知っておるだろう。ずっと付いてきていたようだしの」

聡四郎は返した。

「…………」

皮肉に、藤川が一瞬黙った。

「新しい側室を大奥へお迎えするとなれば、我らも調べをいたさねばなりませぬ」

「僭越《せんえつ》なことを申すな。上様のご側室に否やを言うつもりか。伊賀者の分《ぶん》をこえているぞ」

厳しく聡四郎が糾弾した。

「しかし、もし、その側室が上様へ害意を持つ者であれば」

「上様が、そのくらいのことをお見抜きにならぬと思うか」

「うっ」

藤川が詰まった。

「なにより、上様ならば、そのような女でも気にされまい。おもしろいと組み敷かれよう」

聡四郎は、要るとなれば平気で吉宗が、敵意を持った女でも抱くだろうと考えていた。

「どけ」

殺しあいをしたのだ、聡四郎は御広敷伊賀者へ敬意などかけらもなかった。

「御広敷用人どの。無用の話を上様にされるのは、おためになりませぬぞ」

聡四郎の背中へ、藤川が声をかけた。

「御庭之者がいるのだ。拙者が申しあげるまでもなく、上様は京でのことなど、すでにご存じよ」

言い残して聡四郎は歩き出した。

吉宗は、やはり中庭へ聡四郎を誘い出した。

「京はどうであった」

「難しいところでございました」

聡四郎は思ったままを述べた。

「京は、武家にとって魔窟《まくつ》よ。武家は単純だが、公家はややこしい。強ければよい武家と、身分格式で変わる公家では、違いすぎる。まあよい。報告を聞かせよ」

ものごとをはっきりと断じていく吉宗にとって、口舌《こうぜつ》だけで世渡りしている公家は、面倒な相手であった。

「はい」

襲撃されたことも含め、聡四郎は語った。

「そうか。竹は、大奥へ作法を教えるために派遣されたと」

「そのようでございまする。大典侍《おおすけ》の局さまの養女として迎えられた理由と合わせて、娘を江戸へ出す名分になったようで」

「三歳の娘が行儀を教える。名分というには、無理があろうに。さっさと認めてしまえばいいのだ、現状をな。過去の栄光どころか、先祖の手柄にいつまですがっていくつもりなのか。それを捨て去らぬ限り、公家に先はない」

「上様……」

厳しく言う吉宗へ、聡四郎は声をかけた。

「そう睨むな。他人をそしるには、吾の足下がしっかりしていなければならぬ。武家も同じだとわかっておればこそ、躬は使える者を集めておるのだ。今、武家を乱世のころの気迫持つものへ、己の失敗の責《せき》を取れるものへ戻さねば、幕府は百年もたぬ。今の執政どもを見ろ。好き勝手にやってきたくせに、いざ悪くなると、他人のせいにする。人の上に立つもの、政を担うものの資質がない。そんなことで、下《か》僚《りょう》が従うか、民が慕うか」

「…………」

「腹切れぬ者に、躬は用はない」

吉宗が断じた。

「ところで、清閑寺とは、会ったのか」

「いいえ」

「ふん。肝心なところが足らぬ。よいか、竹を躬が娶《めと》るとなったおり、もっともかかわるのが、清閑寺なのだぞ。どのような者なのか、知っておらねば困ろうが」

「申しわけありませぬ」

聡四郎は頭を下げた。

「まあ、京でも襲われたのだ。今回は免じてやる」

「畏れ入りまする」

「状況としての問題はないな。歴代、御台所に付いてきた公家の娘の多くが、そのまま側室となっている。躬が竹を抱いても、実家から、いや、朝廷から横槍《よこやり》が入るまい。清閑寺には百石もくれてやればよかろう」

満足げに吉宗が言った。

「で、会津のことは知れたのか」

吉宗が話を変えた。

「それでございまするが」

聡四郎は、先日前田家を訪ねたおりの話をした。

「少しは頭を使え。まったく、要らぬ者にまで報せおって」

息を吐いて、吉宗があきれた。

「まあよい。すんだことだ。それなりの成果も得たようだしの」

「畏れ入りまする」

深く聡四郎は頭《こうべ》を垂れた。

「上様、一つお伺いいたしてよろしゅうございましょうか。祟り神とはなんのことでございましょうや」

聡四郎は問うた。

「その字のとおりだ。人に祟る神のことよな。よい例が、菅原道真《すがわらのみちざね》じゃ。朝廷の高官であったのが、藤原《ふじわら》氏の策謀《さくぼう》で九州へ流され、そこで憤死した。その死後、己を罠に落とした連中を落雷や疫病で殺したという。そのため、菅原道真は神として天満宮《てんまんぐう》に祀られている」

「道真公でございまするか」

さすがに聡四郎も知っていた。

「祟り神とは、人に仇《あだ》なすもの。ゆえに神として祀ることで、その怒りを鎮めておるのだ」

「それが、なんのかかわりが」

聡四郎は、理解しかねた。

「のう、聡四郎。神とは人に恵みをくれるものだけでよいと思わぬか」

「それはたしかに」

吉宗の言いぶんに、聡四郎は同意した。

「祟り神は不要。そうするにはどうすればいい」

「……わかりませぬ」

聡四郎は首を振った。

「作らねばいい」

「はあ」

あまりのことに、聡四郎は間抜けな返答をした。

「菅原道真の例を見てもわかるように、祟り神は、人によって悲惨な目に遭った者を慰めるために祀ることが多い。ならば、その者を祀らねばいい」

「それでは、祟りが防げますまい」

聡四郎は反論した。祟られぬように祀ると、さきほど吉宗が口にしたばかりなのだ。

「死人を預けるのは、神道だけではない。仏門が専門であろう」

「……あっ」

「ようやく気づいたか。鈍い奴め」

吉宗が笑った。

「恨み死にした者は、神道ではなく仏門で供養する」

「うむ。さすれば祟り神にはなるまいが。保科肥後守正之は神道に精通していたという。それくらいは思いつくだろう」

「では、戒名《かいみよう》を与えられている会津侯の一門は……」

大きく聡四郎は息を呑んだ。

「殺されたか、憤死したか。いずれにせよ、まともな死に方ではあるまいな」

あっさりと吉宗が口にした。

「しかし、二代を継がれた正経さまは、そのような節が見受けられませぬ」

聡四郎が疑問を呈した。

正之の隠居を受けて、会津藩二代藩主となった正経は、天和《てんな》元（一六八一）年三月に隠居し、その半年後に亡くなっている。

「正経の母は誰だ」

「聖光院さまでございまする」

「娘を毒殺するような女を母に持ったからではないのか。神道では死を穢《けが》れとして忌避《きひ》するからの」

「それは無理がございましょう」

懐から聡四郎は会津家の家譜を取り出した。

「いただいたこの家譜によりまするると、正経どのの弟で同じく聖光院さまお腹《はら》の正純さまは、二十歳の若さで死去されましたが、神道で祀られておりまする」

「ほう」

意外なという顔を吉宗がした。

「ならば、聖光院の血を引くという説はなりたたぬな」

あっさりと吉宗が退いた。

「貸せ」

吉宗が家譜へ手を伸ばした。

「どうぞ」

聡四郎は差し出した。

「……やはりか」

しばらくして吉宗が家譜から目を離した。

「見るがいい。聖光院の産んだ子は、すべてその血筋を残さず、死んでいる」

「仰せのとおりでございまする」

あきるほど見たのだ。聡四郎は気づいていた。

「嫁に行った二人の娘も、嫁ぎ先で若死にしている。ここまで徹底していると恐ろしいな。さすがは、正之というべきか」

吉宗が嘆息した。

「えっ」

聡四郎は驚愕した。

「無理もないか。まっすぐすぎるそなたには」

ほんの少し、吉宗の目が柔らかくなった。

「正之にとって、もっとも恨むべきは誰だ」

「意味がわかりませぬ」

不意の問いに聡四郎はとまどった。

「二代将軍秀忠の四男として、なに不自由なく江戸城で過ごし、成人の後は五十万石ほどの領地をもらい、御三家以上の格式を誇れた。その正之を江戸城から追い出したのは……」

「お江与の方さま」

そこまで言われれば、いかに聡四郎でもわかった。

「そしてお江与の方は、吾が子に将軍を継がすため、家光とは腹違いだった秀忠の長男を殺している。つまり、正之は、己の欲のために子を殺す女が大嫌いなのだ」

「……では」

聡四郎は息を呑んだ。

「そうだ。正之は、そんな女の血を残すことが許せなかった」

「……それで吾が子を」

「藩を守ったのだろう。そんな女の血が藩主や一門になってみろ。いつ将軍の座を狙って動き出すかわかるまい。なにせ、正之は将軍の子。その子供たちも秀忠の孫なのだ。他姓を継いだ者は将軍になれぬ。これは神君の不文律だが、変えようと思えば変えられる」

「神君さまのご意志を変えるなど……」

「徳川の名前をもつ全員が死に絶えたらどうする」

「……うっ」

吉宗の言葉に聡四郎は黙った。

「そのとき、将軍はどこから出す。鎌倉のように京から宮将軍を迎えるか。それはできまい。ならば、もっとも将軍の血筋に近い者を選ぶしかあるまい。そのとき、他姓がどうのこうのというだけの余裕はないぞ。そうなることを、正之は怖《おそ》れた。いや、その状況を会津の名を継ぐ者から生み出すことを、正之は避けた。おそらくな」

「そこまで……」

聡四郎は息を呑むしかなかった。

「し、しかし、聖光院さまの血筋を除《の》けても、あまりに仏道での供養が多すぎまする」

それだけでは、説明がつかぬと聡四郎は述べた。

「……うむ」

吉宗が同意した。

「今でこそ松平の苗字を与えられ、御三家、越前《えちぜん》松平に次ぐ家格を与えられているが、そのもとは二代将軍の血筋。江与の死後、秀忠さまと目通りをしており、公子として認められている。その会津家で変死が続くなど、穏やかではない」

「…………」

聡四郎は喉が渇くのを覚えた。

「会津は越前と同じく、一度他姓を継いでおる。現状、会津の血筋は将軍になれぬ。また、将軍家一門は、執政とならぬ決まりもある。つまり、そのへんの譜代大名よりも会津は、幕府にとって重要ではない。なのに、この有様だ」

「みょうだとお考えでございまするか」

「これを見て、なんとも思わぬようなら、将軍など務まらぬわ」

小さく吉宗が笑った。

「竹の相手となるはずだった久千代は、聖光院の血を引いていないおしほの方の孫。となれば、聖光院が原因とも考えにくい。だが久千代が殺されたのはまちがいない」

吉宗が表情を引き締めた。

「さらにもう一つ不思議なことがある。養女とはいえ、将軍の娘を嫁に迎えるのは、大名にとって大きな名誉だ。予定していた息子が婚姻前に死去した場合は、相手を替えて再降嫁を願うのが普通である。そして会津には、久千代の一つ歳下の弟がいた」

「弟さまが」

「いたと言ってはいかぬな。今もおる。嫡男の正甫《まさもと》じゃ。たぶん、今年で二十歳になるくらいであろう」

「竹姫さまとの歳ごろもよろしゅうございまするな」

聡四郎もうなずいた。

「なれど会津は、竹を欲しがらなかった」

疑問を吉宗が呈した。

「そこに問題がある」

「なにでございましょう」

「竹にかかわったから殺されたのか、それとも会津の血筋ゆえなのか。それを見極めねばならぬ。もし、竹に起因するならば、会津が正甫の妻にと求めなかった理由がわかる。もし、そうならば、竹の裏にあるものを潰す」

強く吉宗が言った。

「できれば、水城、そちを竹に付けてやりたい。しかし、それはかえって竹を目立たせることになる。まだ竹は幼い。大奥の争いで生き残っていけるほど強くはない」

吉宗が男の顔を見せた。

「はい」

聡四郎は首肯した。

「躬が竹を継室に迎えるまでに、すべてを終わらせねばならぬ」

「…………」

無言で聡四郎は聞いた。

「大奥と対立している躬の継室に傷一つあってはならぬ。このようなこと、吾が身内にしか頼めぬ。聡四郎、人知れず、裏を探れ」

「承知いたしましてございまする」

聡四郎は引き受けた。

四

吉宗のもとから御広敷にもどった聡四郎は、七つ口に近い御広敷侍の詰め所を訪れた。

御広敷侍は、御広敷用人の下役で、お目見え以下七十俵高持扶持で、その任は、外出する奥女中の警固や、奥女中の書状や進物の届けなどである。

「これは、水城さま」

詰め所にいた御広敷侍の一人が、聡四郎に気づいた。

「すまぬ。じゃまをする」

まず聡四郎は詫びた。

「いえ。御用人さまは、我らが上役でございまする。ご遠慮なく」

御広敷侍が上座へと誘った。

「わたくしがご用件を承りまする」

もっとも年嵩《としかさ》な御広敷侍が、代表して聡四郎の相手をした。

「貴殿は」

「これは、ご挨拶が遅れました。御広敷侍で先任役を相務めておりまする相川左門《あいかわさもん》にございまする」

相川が名乗った。

先任役とは、今いる御広敷侍のなかでもっとも古い者のことである。正式な役名ではないが、通常二、三名が選ばれ、新任の御広敷侍へ、仕事や慣習を教え、一人前になれるよう指導した。それは、もっともこの役目に精通しているとの意味でもあった。

「何年、御広敷侍を」

「かれこれ二十年になりましょうか」

問われた相川が応えた。

「五代将軍綱吉さまのころよりお勤めか」

「さようでございまする」

「さぞかし、お役に詳しいことでござろうな」

「人後《じんご》に落ちぬと自負しておりまする」

相川が胸を張った。

一つの役目を長く続けている役人には、大きく分けて二つあった。

他の役職へ転じていくだけの功績がない者、功績はあるが、引きあげてくれるだけの縁者を持たないか、要路《ようろ》へ贈るだけの金がない者である。どちらにせよ、世渡りの下手な証拠であった。

「大奥のお姫さま方からのお手紙というのは、ままござるのであろうか」

聡四郎は問うた。

「お姫さまから、他家への書状でございましょうか」

「音物《いんもつ》の類《たぐい》でもけっこうであるが」

確認する相川に、聡四郎は付け加えた。

「姫さま方は大奥から出られることがあまりございませぬし。なにより、それほど姫さまがおられませぬ」

相川が答えた。

「ないわけではない」

「曖昧な記憶で、正確には申せませんが、何回かはあったように思いまする」

念を押す聡四郎に、確実ではないと相川が逃げ道を作った。

「調べられるな」

年長の相川へ、聡四郎は命じた。

「はい。記録が残っておりまするゆえ。ただ、今すぐとなりますると……」

相川が渋った。

「いつできる」

「三日いただければ」

「頼む」

聡四郎は立ちあがった。

「貴殿の名前、覚えておく」

「かたじけない」

言われた相川が礼を述べた。

上役に名前を覚えられるのは、出世の大きな糸口である。

「うまくやられたの、相川どの」

詰め所から聡四郎の姿が消えるのを待っていたかのように、同僚たちが相川を囲んだ。

「まったくじゃ。あのお方は、上様の御用人だそうではないか」

「いやいや、聞けば奥方が、上様のご養女さまだそうだぞ」

「それは、すごいの。うまくいけば、相川どのの名前が上様に届くやもな」

同僚たちがうらやんだ。

「いや、まだ、どうなるか、わからぬでな」

うれしそうに相川が否定してみせた。

「なにを……」

輪からはずれたところで、一人の御広敷侍が詰め所を出て行った。

「小出さまは」

「ここだ」

用人部屋に御広敷侍が顔を出した。

「少しお耳に入れたいことが……」

小声で言いながら、御広敷侍が用人部屋のなかを見回した。

「どうした」

「水城さまは」

「あやつならば、滅多にここへ顔を出さぬ」

苦い顔で小出半太夫が述べた。

「それは重畳《ちょうじょう》」

御広敷侍が肩の力を抜いた。

「水城に関係ある話か」

「はい。さきほど……」

事情を御広敷侍が語った。

「姫さまのお手紙だと……なぜそのようなものを」

小出半太夫が怪訝な顔をした。

「まあよい。よく報せた。ご苦労であった」

「はっ。多田野伊蔵《ただのいぞう》、いつでも御用人さまのお役に立ちまする」

もう下がっていいと言った小出半太夫に、多田野が名乗った。

「わかった」

うるさそうに小出半太夫が手を振った。

「藤川」

御広敷用人部屋と伊賀者詰め所は隣り合っている。少し声をあげるだけで、聞こえた。

「お呼びで」

「水城が姫さまがたの書状について、問い合わせたらしい。なんのためか調べよ」

「承知いたしました」

藤川が引き受けた。

「またみょうなものを……」

控えに戻って藤川が腕を組んだ。

「報告せねばならぬな。誰ぞ、大奥へ入る予定の者はおるか」

藤川が配下たちに問うた。

「午後から、拙者が五菜《ごさい》の見張りで」

一人の御広敷伊賀者が手をあげた。

「どなたの局だ」

「中臈の清島《きよしま》さま」

問われた御広敷伊賀者が答えた。

「清島さまは、月光院さま付きの上臈松島さまの部屋子であったの」

「たしか、そのように記憶しておる」

確認された御広敷伊賀者が首肯した。

「松島さまの局と近いか」

「三つほど手前のはず」

「いけるな。松島さまに、これを渡せ」

藤川が懐紙をちぎって、すばやくなにかをしたため、紙縒《こよ》りのようによじった。

「わかった」

御広敷伊賀者が受け取った。

夕刻近くなって、下《しも》のご錠口が開いた。

「上臈姉小路さまである」

御錠口番の大奥女中が叫んだ。

「承って候《そうろう》」

藤川が応じた。

大奥と御広敷とのやりとりは、下のご錠口が使われた。大奥の女中たちが、伊賀者控えの手前、下のご錠口の端まで出てきて、用件を伝える。下のご錠口を出ないかぎり、大奥にいるとされ、男と話をしても壁ごし扱いになった。

「御広敷伊賀者組頭、おるか」

「これに」

呼ばれて藤川が、下ご錠口の手前で平伏した。

「明日、代参《だいさん》これあるにより、供を申しつける」

「ははっ」

藤川の前に一枚の紙が投げられた。

「御広敷用人にしかるべき手配をと伝えよ」

「はい」

姉小路が念を押した。

「ご懸念《けねん》なく」

少しだけ顔をあげた藤川が、ほんのわずか右手を動かした。

「うん……うむ」

一瞬みょうな顔をした姉小路は、左袖を見てうなずいた。

「お戻りである」

下の御錠口番の女中がふたたび声をあげた。

己の局ではなく、姉小路は松島の局へと戻った。

「どうでござった」

松島が問うた。

「このようなものをよこしおったわ」

姉小路が左袖から、小さく丸められた紙を出した。

「さすが、伊賀者。これならば、誰も気づかぬの」

感心する松島の前で、姉小路が慎重に紙をほぐした。

「……ほう」

読み終えた姉小路が、松島へと紙を渡した。

「なに、姫さまの書状記録だと」

松島が驚いた。

「見たことはござるか」

「いいや」

姉小路に訊かれた松島が否定した。

「表使をこれへ」

松島が腹心の中臈に命じた。

「お呼びで」

すぐに表使が顔を出した。

「大奥から外へ出した書状の控えなどはあるのか」

「いいえ。差出人と宛《あて》の記録は残しまするが、中身は開きませぬ」

表使が述べた。

「音物はどうじゃ」

今度は姉小路が質問した。

「内容を記録いたしまする。あと受け取ったか、拒まれたかの記載もいたしまする」

「その記録は、御広敷にもあるのだな」

「あるはずでございまする。なれど、見たわけではございませぬゆえ、確答はいたしかねまする」

あいまいなことを表使いは言わなかった。

「ご苦労であった。下がってよい」

松島が手を振った。

「どういう意味であろうかの」

煙管に煙草を詰めながら、松島が首をかしげた。

「あの御広敷用人は、京まで吉宗の新しい側室を探しに行っていたのではなかったのか」

「行っていたのはまちがいない。伊賀者から報告を聞いた」

姉小路が述べた。

「結果はどうであったのだろうか」

「それはわかっておらぬ。お方さまのお実家《さと》からのお報せ待ちというところだの」

近衛家からの使者はまだ来ていなかった。

「もし、あらたにどこぞの公家の娘が大奥へ来るとなれば、どのくらい先になる」

「吉宗次第じゃな。男が焦れば早くなり、そうでなければ三カ月はかかろう」

松島の問いに姉小路が答えた。

「三カ月か……あるようでないの」

「うむ」

二人が顔を見合わせた。

「館林卿との面談はどうなった」

「まだ調《ととの》わぬ。こちらからの要請に、反応がない」

姉小路が首を振った。

「勝ったところで、将軍になれぬのでは、やる気にならぬのも当然か」

「だの。お方さまも、こう申してはなんだが、甘い」

小さく姉小路が嘆息した。

「西の丸さまを使おう」

「子に親を排させると」

姉小路が松島の顔を見た。

「女の身体と口説で、男を思うがままにするのは容易《たやす》いぞ。すでに一人、お気に入りの女中がおできになられておるでな」

松島が言った。

「貴殿の手配した女か」

「ああ。今年で十四歳になる。小旗本の娘だか、すでに男を知る。男の初めては経験ある女がよい。女が誘い、教えてやるべきなのだ。どこになにをあてがえばよいかさえ知らぬ初めて同士では、ろくなことにならぬ。西の丸さまを虜《とりこ》にするには、女が主導でなければの」

「そんなものか」

天英院について、大奥へ入った姉小路は、閨ごとの経験がない。

「まあ、よいわ。そちらは任せてよいな」

「うむ。その代わり、西の丸さまが本丸へ来られたときは、大奥総取締りの地位をもらうぞ」

「大奥総取締りか」

姉小路が渋った。春日局を初代とする大奥総取締りの権は強い。大奥すべての女中を管轄し、上臈といえども逆らえなかった。大奥の主人である御台所よりも、実権はうえになる。

「……期限をきらせてもらうぞ。無期限では、吉宗が老いて退いたときでもそちらに総取締りを渡すことになる。一年だな」

「無理を言うな。子供に女の味を教え、溺れさせるのだぞ。三年は要る」

姉小路の条件に松島が異を唱えた。

「そんなに待てるか。二年じゃ」

「二年……わかった」

松島が納得した。

「では、こちらは、お方さまのご実家よりの報せを待つ。詳細はすぐに報せる」

「頼んだ」

局を出て行く姉小路を松島が見送った。

たことに、二人とも気づかなかった。

姉小路に付いていた女中と松島に付いていた女中が、すばやく目で合図をかわし

「………」

五

将軍が来なければ、大奥の夜は早い。暮れ六つ（午後六時ごろ）前には夕餉と入浴をすませ、六つ半（午後七時ごろ）には、宿直《とのい》の女中を残して、夜具に横たわる。

大奥の女中にも二種あった。

幕府に雇われた者、目見得以上の女中に個人として雇われた者である。中臈や、三の間などの女中は、幕府から出る給金や賄いで生活し、大奥に局あるいは部屋を与えられる。

対して大奥女中の下働きとして勤めている女中は、主人から給金をもらい、その局の一室で起居した。

「待たせたか」

四つ（午後十時ごろ）前、吉宗によって放逐された中臈が使っていた局に人影が、集まった。

「少しな」

待っていた影が言った。

「すまぬ。同室で盛《さか》りおってな。なかなか終わらなんだ」

遅れてきた女中が詫びた。

男子禁制の大奥である。欲求不満の解消相手は同性にならざるをえない。不義密通ほどではないが、一応同性でのいかがわしい行為も禁止されている。といっても、取り締まるほうも欲求不満なのだ。見て見ぬ振りをするのが、大奥での礼儀であり、処世術であった。

「ならば、しかたないの。滝野《たきの》と佐和《さわ》は、出て来られぬそうだ」

別の影が述べた。

「さて、我らが集まるのも何年ぶりか」

「月光院と間部越前守《まなべえちぜんのかみ》のこと以来だの」

影たちが話を始めた。

「今日の集まりは、松島のもとにおる伊与《いよ》と姉小路のところに入っている多加《たか》の求めによる」

もっとも局の奥に座した影が説明した。

「なにがあった」

別の影が問うた。

「日暮れ前、姉小路が松島を訪ねてきた。そのとき御広敷用人が、大奥から外へ出された書状の控えを求めているとの……」

伊与が説明をした。

「書状の控えか」

奥に座した影が苦い声を出した。

「世津《せっ》さま、それがなにか」

入り口に近い影が、奥の影へ尋ねた。

「大奥女中の誰が、外の誰と繋がっているかがばれる」

世津が答えた。

「我らには影響ございますまい。我らは大奥のなかだけ」

もう一人の影が否定した。

「湖依《こい》の言うとおりではある。我らのことを知ったわけではない」

「ならば、わざわざ集まることもなかろう。台所方は朝が早いのだ。帰らせてもらう」

湖依が腰をあげかけた。

「上様が、竹姫さまにご興味をお示しでもか」

冷静な声で世津が口にした。

「なんだと」

驚きの声を湖依があげた。

「落ち着かぬか」

世津がたしなめた。

「いつのまに」

腰を下ろしなおした湖依が、思い出そうとしていた。

「将軍が招いての夕餉ぞ。大奥ではなく、御広敷で調えたものを、運んでくるのだ。台所方が知らぬのも当然じゃ」

「いや、竹姫さまの夕餉が要らぬならば、その旨の通知があったはず」

湖依が首を振った。

「そのことは、まあ、置いておく。とにかく、家宣さま、家継さまと、二代にわたり、竹姫さまは放置されてきた。このまま、埋もれてくれればと思っていたが、ご当代さまは、竹姫さまをそっとしておかれるおつもりはないようだ。桔梗《ききょう》」

世津が、別の影に促した。

「竹姫さまと上様の御夕餉は、余人を排しておこなわれましたゆえ、そのお話の内容まではわかりませぬが、お局にお戻りになった竹姫さまは、いつもと違い興奮なされておられました」

桔梗と呼ばれた影が告げた。

「興奮か……。また輿入れかの」

「いや、倹約を命じられている上様だ。養女とはいえ、将軍の姫を嫁がせるとなれば、それ相応の費えが要る」

将軍の姫の婚礼ともなると、出す方も受ける方も大事であった。

溶姫《ようひめ》を迎えた加賀百万石が、専用の御殿を建てたなどは別格としても、かなりの金がかかった。また、出す方もその道具の用意だけでなく、千人をこえる婚礼行列の費用など、一万両ではきかなかった。

今の幕府にそんな金はない。

「では、実家へお帰しするというのは」

竹姫は京の公家清閑寺家の娘である。

「形だけとはいえ、将軍の養女じゃぞ。それこそ、ややこしいことになりかねぬ」

朝廷と幕府の間には、いろいろな思惑と問題が交錯していた。

「となると……残るは」

気づいた湖依が息を呑んだ。

「側室にすると言われるか」

多加が驚愕した。

「五代将軍の養女を側室にはできまい。正室じゃ」

「御台所にする気か」

伊与がうなった。

「まずいな」

「うむ」

湖依の言葉に世津が首肯した。

「御台所と将軍の閨には、誰も入れぬ」

側室と将軍が一夜を過ごすとき、側室が将軍へ要らぬことを言ったり、なにかをねだったりしないよう、同じ部屋で聞き耳をたてる添い寝の女中がいた。これは、側室とはいえ、奉公人でしかないからできるのであり、御台所の場合には置かれなかった。

「竹姫さまを止められぬ。寝物語りに竹姫さまが、あのことを上様へ話されたら……」

「大奥は潰れる」

桔梗のあとを世津が続けた。

「ならば、漏れる前に竹姫さまを……」

「右衛門佐《えもんのすけ》さまのご命に背《そむ》くつもりか」

言いかけた湖依を、世津が叱った。

右衛門佐とは、綱吉の妻鷹司信子が連れてきた朝廷きっての才女といわれた水無《みな》瀬《せ》氏信《うじのぶ》の娘のことだ。霊元天皇の後宮《こうきゅう》に勤めていたのを、信子が引き抜いて大奥へ連れてきた。

「……しかし」

「我ら大奥女番衆《めばんしゅう》は、大奥総取締り役さまのお言葉にのみ従う。これは絶対の掟ぞ」

反論しようとした湖依を、世津が押さえつけた。

「……わかった」

湖依が退いた。

「竹姫さまを害することは禁じられている。そして、竹姫さまは、大奥からお出しすることは叶《かな》わぬ」

「わかっておる。ゆえに、竹姫さまの婚姻を潰してきたのだ」

世津の話に湖依がうなずいた。

「では、どのように」

やりとりを黙って聞いていた桔梗が、問うた。

「うかつに動くわけにもいくまい。とくに今、大奥総取締り役さまがおられぬのだ」

右衛門佐が死んで以来、大奥総取締り役さまは空席となっていた。これは、月光院と天英院の間で、その座を巡っての争いが始まり、決着が付かなかったからであった。

「竹姫をどうするか。右衛門佐さまのご命令を無にするには、あらたな大奥総取締り役さまのお言葉が要る」

「………」

一同が黙って聞いた。

「かと申して、もう一つのご命令、開かずの間の秘密を厳守せよとの兼ね合いもある」

暗闇のなかでも世津は、確実に、順を追って全員の目をみつめた。

「女番衆は大奥存続のためにある。その危機に際しては、どのようなことでもせねばならぬ」

「……上様を害し奉ると」

湖依が震えながら訊いた。

「要りようならば……ためらわぬ」

世津が宣した。

「まだ、そうなるとはかぎらぬ。上様が開かずの間に近づかれぬのならば、我らはこのまま潜み続ける」

「わかった」

「承知いたしましてございまする」

一同が同意した。

「耳目《じもく》を大きく働かせよ。知り得たことは逐一、わたくしのもとへな。では、これまでにする」

解散と世津が告げた。


「江戸へこの書状を」

近衛基凞が、雑司の一人に娘天英院宛の手紙を託した。

「大切なものだ。なんとしてでも無事に江戸まで届けよ」

「お任せを」

雑司が屋敷を後にした。

同じころ、清閑寺熙定のもとからも雑司が出た。

「一条兼香さまとご相談した結果である。きっと竹へ渡すように」

「へい」

雑司が江戸へと走った。


伊賀の郷のお館、藤林耕斎が配下の女忍を集めていた。多くの男を失ったため、郷から男忍を江戸へ出せなくなっていた。残り少ない男忍は、郷に残し、やってくる依頼に向かわせなければならないからである。こうしないと、金が入らなくなり、郷が維持できなくなる。

「そなたたちの夫や兄、弟が討たれた」

苦渋の表情で耕斎が言った。

「存じておりまする」

ひときわ美しい女忍が応えた。

「仇の名は、御広敷用人水城聡四郎、その家臣大宮玄馬。伊賀の掟である。この二人の命を取れ」

「兄を殺された恨み、きっとこの袖《そで》が」

「いえ、夫を討たれた哀しさを、わたくし澪《みお》が思い知らせてくれましょう」

口々に女忍たちが決意を述べた。

「この手紙と金を持っていけ」

耕斎が袖のもとへ、手紙と金を滑らせた。

「御広敷用人とは大奥を差配する者。その役目に近づくには、大奥に入るがもっとも手早い。御広敷伊賀者頭へ、その手配を頼む。そのための金じゃ。うまく使え」

「お預かりいたしましてございまする」

袖が受け取った。

「金で足らなければ、おまえたちの身体を使え。女忍の武器は、己の身体じゃ」

「言われるまでもございませぬ」

うなずいた女忍一同が、その場から江戸へと向かった。

図版・表作成参考資料

『江戸城をよむ――大奥　中奥　表向』（原書房）

光文社文庫

文庫書下ろし／長編時代小説
化粧《けしょう》の裏《うら》　御広敷用人《おひろしきようにん》 大奥記録《おおおくきろく》(二)
著者　上《うえ》田《だ》秀《ひで》人《と》

2012年7月20日　初版1刷発行
2014年12月20日　8刷発行

発行者　鈴木広和
印刷　慶昌堂印刷
製本　ナショナル製本

発行所　株式会社 光文社
〒112-8011　東京都文京区音羽1-16-6
電話 (03)5395-8149　編集部
8116　書籍販売部
8125　業務部

ISBN978-4-334-76443-2　Printed in Japan

組版　萩原印刷

お願い　光文社文庫をお読みになって、いかがでございましたか。「読後の感想」を編集部あてに、ぜひお送りください。
このほか光文社文庫では、どんな本をお読みになりましたか。これから、どういう本をご希望ですか。どの本も、誤植がないようつとめていますが、もしお気づきの点がございましたら、お教えください。ご職業、ご年齢などもお書きそえいただければ幸いです。当社の規定により本来の目的以外に使用せず、大切に扱わせていただきます。

光文社文庫編集部

光文社時代小説文庫　好評既刊

故郷がえり　稲葉　稔
剣客船頭　稲葉　稔
天神橋心中　稲葉　稔
思川契り　稲葉　稔
妻恋河岸　稲葉　稔
深川思恋　稲葉　稔
洲崎雪舞　稲葉　稔
決闘柳橋　稲葉　稔
本所騒乱　稲葉　稔
紅川疾走　稲葉　稔
おくうたま　岩井三四二
甘露梅　宇江佐真理
ひょうたん　宇江佐真理
彼岸花　宇江佐真理
幻影の天守閣　上田秀人
破斬　上田秀人
熾火　上田秀人

秋霜の撃　上田秀人
相剋の渦　上田秀人
地の業火　上田秀人
暁光の断　上田秀人
遺恨の譜　上田秀人
流転の果て　上田秀人
女の陥穽　上田秀人
化粧の裏　上田秀人
小袖の陰　上田秀人
鏡の欠片　上田秀人
血の扇　上田秀人
神君の遺品　上田秀人
錯綜の系譜　上田秀人
風の轍　岡田秀文
半七捕物帳 新装版（全六巻）　岡本綺堂
影を踏まれた女（新装版）　岡本綺堂
白髪鬼（新装版）　岡本綺堂

岡本綺堂

半七捕物帳

新装版　全六巻

岡っ引上がりの半七老人が、若い新聞記者を相手に昔話。功名談の中に江戸の世相風俗を伝え、推理小説の先駆としても生きつづける不朽の名作。全六十九話を収録。

岡本綺堂コレクション　新装版

怪談コレクション　**影を踏まれた女**

怪談コレクション　**中国怪奇小説集**

怪談コレクション　**白髪鬼**

怪談コレクション　**鷲**(わし)

巷談コレクション　**鎧櫃の血**(よろいびつのち)

傑作時代小説　**江戸情話集**

光文社文庫